Vulnérable

Liz Levoy

Elisa Press

Ormidia, Larnaca

Première édition : March 2021

Publié par Elisa Press

Elisa Press est une marque de Splendid Island, Ltd.

Scanbox 05927

Ehrenbergstrasse 16a

10245 Berlin – Deutschland

Table des matières

Chapitre 1

LUNDI 8h13

Dès la première sonnerie, Mandy Hunter sut que quelque chose ne tournait pas rond. Son patron ne l'appelait jamais si tôt. Elle cala son portable à l'oreille tout en essayant de maintenir la voiture sur sa trajectoire.

- Bonjour !

- J'ai un travail pour toi.

John Miller ne s'embarrassait jamais de blablas.

- Oui, qu'est-ce que c'est ?

- On nous propose un contrat de dernière minute : protection en entreprise. C'est pour une personne qui peut commencer ce matin. Je te fais suivre ?

- Ok, quand dois-je être là ?

- Depuis environ deux heures ! C'est sur Lexington Avenue. Je t'envoie l'adresse par SMS.

Mandy changea brutalement de voie pour rejoindre la bretelle de sortie.

- Qui est mon point de contact ?

- C'est une entreprise de design. Ton contact est un cadre nommé Trevor Wilson. Je t'envoie le rapport d'information par e-mail sur le champ.

Elle jeta un rapide coup d'œil à sa montre.

- Compris. J'y suis dans quarante-cinq minutes.

- Ok, je le leur fais savoir. Envoie-moi un SMS quand tu arrives sur place.

John avait déjà raccroché avant même qu'elle ait le temps de confirmer. Il ne s'était même pas fendu d'un au revoir.

Son emploi du temps s'inscrivait brutalement dans cette nouvelle journée. Les contrats et les changements de dernière minute étaient choses courantes dans l'industrie des gardes du corps. Cependant, un boulot qui la mettait en retard avant même qu'on le lui ait attribué, c'était rare. Elle arriverait aussi vite que possible.

Quelle meilleure façon de démarrer sur les chapeaux de roues ? ! Une toute nouvelle mission, ce qui signifiait de nouvelles informations, des rapports, un nouveau client, de nouveaux horaires. Mais pourquoi cette semaine ! Elle avait initialement posé son vendredi pour chercher ses enfants un peu plus tôt afin de préparer sereinement le week-end. C'était justement son week-end de garde avec les garçons et elle ne voulait pas le rater.

Habituellement, un contrat ne démarrait pas aussi brutalement. Cela signifiait quelque chose d'inhabituel : le client n'avait rien prévu pour faire face. John avait parlé d'un cabinet de design, d'un travail en entreprise. Il s'agissait probablement d'une agression sur personne, d'une menace mystérieuse, de harcèlement ou encore d'un incident domestique.

Mandy devait attendre que John envoie le paquet d'informations pour obtenir plus de détails. Elle consulta son téléphone : rien pour le moment.

Cinq minutes plus tard, elle reçut enfin un SMS de John qui précisait simplement l'adresse. Il ne donnait pas de détails sur l'entreprise. D'une main elle copia et colla le message sur son GPS. H&K Design sur Lexington Avenue. D'après le site web, cela semblait être une assez grosse entreprise. Mais Il n'y avait ni nom ni photo des dirigeants sur la page d'accueil. Pas même d'informations sur les activités. Juste un formulaire précédant une page vierge.

À 9 h 03, Mandy franchit la porte d'entrée de H&K Design. Toujours pas d'informations complémentaires de John. Elle avait pourtant tenté de l'appeler deux fois, en vain. Elle n'arrivait pas à le joindre, ni lui, ni quelqu'un d'autre au bureau. John était sans doute occupé par autre chose de plus important. Elle n'aimait pas l'idée d'entrer en contact en aveugle, sans informations précises. Mais elle n'avait plus le choix. Elle se dirigea vers le comptoir d'accueil. A l'arrière, sur le mur, un énorme logo orange vif occupait tout l'espace : les lettres H et K nouées ensemble dans une police métallique futuriste.

Une jeune femme était assise derrière le comptoir.

- Bonjour, je suis Mandy Hunter, je viens voir Trevor Wilson.

La réceptionniste se figea un bref instant.

- Euh, Monsieur Wilson ?

- Oui.

Elle pianota quelques touches sur un clavier.

- Quelqu'un va arriver.

- Merci.

Mandy, son petit carnet à la main, se déplaça sur le côté du guichet pour mieux observer la pièce. Le hall était tout en verre, moderne, minimaliste. C'était logique puisqu'on était dans un cabinet de design. On aurait dit que les gens de la boîte avaient tout conçu, des décors à l'architecture. Tout avait l'air réglo et stylé. Mandy n'était là que depuis quelques instants, mais les lunettes noires de la réceptionniste et la porte d'entrée entièrement vitrée lui indiquaient que cette entreprise était synonyme de qualité et de style. Donc, un cadre de cette entreprise serait lui aussi centré sur la qualité et le style.

Elle était fière de porter son costume-pantalon noir et son Cole Haans. Bon choix ce matin. Elle réajusta sa veste et s'assura que son épingle de revers était bien droite. Tous les agents de protection de l'exécutif qui travaillaient pour Doxa International de John Miller portaient la même épingle en argent. Celle-ci était ronde, supportait une croix surélevée d'une cordelette. La croix symbolisait la sécurité, comme celle de la croix rouge. Elle était fière de porter cet insigne. Ses cheveux la gênaient, elle voulait vérifier sa frange brune, mais aucune cabine de toilette n'était visible. Elle s'approcha à nouveau de la réceptionniste quand la porte du hall s'ouvrit. Une grande blonde en jupe crayon et talons hauts lui tendit la main.

- Salut Mandy, je m'appelle Gloria.

Mandy serra la main tendue.

- Mandy Hunter, ravie de vous rencontrer.

- Ravie de vous rencontrer moi aussi. Suivez-moi, je vous prie.

Gloria sourit.

- Monsieur Wilson va vous recevoir tout de suite.

Mandy suivit Gloria. C'était probablement l'assistante de direction de Monsieur Wilson. Elle nota mentalement que c'était la deuxième fois qu'une employée l'appelait Monsieur Wilson, et non Trevor Wilson.

Elles pénétrèrent dans un ascenseur en acier inoxydable et brillant. Gloria appuya sur le bouton du quatorzième étage.

- Merci beaucoup d'être venue si vite !

Gloria replaça une mèche de cheveux derrière son oreille.

Mandy avait besoin d'obtenir le plus d'informations possible avant qu'ils n'arrivent au sommet.

- Oui, nous sommes heureux que vous nous ayez contactés. Avez-vous parlé à mon patron Monsieur Miller ?

- Non, c'est Monsieur Wilson lui-même qui a pris contact. Il m'a simplement informée que vous passeriez.

- Oh... Depuis combien de temps travaillez-vous pour H et K ?

- Environ six mois maintenant.

Mandy fit un signe de tête.

- Vous travaillez donc directement avec Monsieur Wilson ?

- Oui, je suis son assistante exécutive.

- Super, j'adorerais boire un verre avec vous si nous trouvions un moment. Monsieur Wilson pourrait avoir des plages horaires libres ?

Gloria eut l'air perplexe puis éclata de rire.

- Vous verrez, Monsieur Wilson a un emploi du temps très chargé. Il est très souvent en déplacement.

Mandy était sur le point de demander des précisions, mais l'ascenseur s'était arrêté et les portes s'ouvraient.

Elles traversèrent un couloir très haut de gamme. Le sol était en béton poli, les murs en verre. Derrière les parois, des bureaux. Mandy remarqua que les hommes la suivaient du regard. A cause de son allure ? par simple curiosité ? L'expression de leurs visages indiquait à Mandy qu'ils savaient qu'un garde du corps arrivait, mais qu'ils n'attendaient pas une femme. Pour une raison inconnue, Monsieur Wilson avait besoin d'un garde du corps, il était clair que tout le monde à cet étage était au courant, sauf Mandy.

Elles s'arrêtèrent devant un bureau dans l'angle. D'un signe de tête, Gloria invita Mandy à entrer. Monsieur Wilson se tenait derrière son bureau et parlait dans son téléphone portable, il leur tournait le dos et regardait par la fenêtre.

- Oui, nous en aurons besoin d'ici là.

Il se retourna, fit signe à Mandy d'entrer.

Mandy entra et s'approcha d'une des chaises. Wilson se détourna, reprenant sa conversation téléphonique. Elle en profita pour consulter à nouveau son téléphone : aucun mail de John, rien.

La pièce était d'une propreté irréprochable : Le mobilier gris, blanc, minimaliste. Sur le bureau, un bel ordinateur portable et un chargeur de téléphone. Une petite bibliothèque très simple occupait un des murs. Une simple plante verte en pot et quelques bibelots en verre ornaient les étagères. Pas de livres, pas de photos de famille. Ce type avait tout de l'homme d'affaires !

Gloria s'approcha et tapa quelque chose sur son portable. Elle le tendit à M. Wilson pour qu'il lise. Tout en écoutant son correspondant, il lut le message, se tourna vers Mandy et sourit en faisant un geste d'assentiment. Gloria venait sans doute de lui indiquer qu'elle était le garde du corps.

- Patientez un instant. Il termina sa conversation dans la minute.

- Merci.

- Eh bien, cela ne fonctionnera jamais !

Au ton de la voix, Mandy supposa que ce n'était pas une conversation très agréable.

- Jeudi, en fin de la journée, et c'est la date limite. On ne peut pas repousser, tu le sais !

Il fit nerveusement quelques pas. Il était clair vu son attitude, qu'il n'appréciait pas ce qu'il entendait.

- Je ne sais pas quoi te dire. Nous devons l'avoir jeudi ! Une échéance est une échéance !

Sa voix était sèche mais pas agitée.

- Oui, alors nous attendons. Je te remercie.

Il raccrocha sans un au revoir.

À qui parlait-il à l'autre bout de la ligne ? Mandy était soulagée que ce ne soit pas à elle.

Elle se demanda pourquoi le nom de Wilson sonnait pour elle comme celui d'une personne plus âgée. Elle ne s'attendait pas à se trouver face à quelqu'un de son âge. Peut-être était-il même plus jeune qu'elle ? Monsieur Wilson était grand, la tête ornée de cheveux noirs. Il avait un corps parfaitement proportionné, athlétique et dégageait cette impression qu'il était bel et bien aux commandes de la boîte. Il était Comme un de ces gars : athlète naturel, star du sport au lycée, peut-être même au collège. Elle parierait volontiers qu'il était le quart attaquant de l'équipe universitaire. Il portait un pantalon gris et une chemise blanche, les deux boutons du haut défaits.

Le seul objet posé sur son bureau était une canette blanche de boisson énergisante Monster Zéro saveur Ultra. Elle remarqua deux canettes vides de la même saveur dans la petite poubelle sur le côté.

Wilson soupira et laissa tomber le téléphone sur son bureau.

- Désolé pour tout ça. Les évènements de la semaine ont fait sensation ici.

Il tendit la main pour serrer la sienne.

- Trevor Wilson.

- Mandy Hunter, ravie de vous rencontrer.

Il sembla hésiter un peu trop longtemps.

- Laissez-moi deviner, vous ne vous attendiez pas à une femme, non ?

- Oh, non, pas du tout, ce n'est pas un problème ! Asseyez-vous, s'il vous plaît. Il désigna l'une des chaises d'invité et s'assit derrière le bureau. Il se pencha en arrière et posa les deux mains derrière sa tête.

- J'ai parlé avec John tout à l'heure, nous vous sommes reconnaissants d'être arrivée si vite, sans délais.

Mandy croisa les jambes et jeta ses cheveux en arrière.

- Nous sommes heureux de vous rendre service, Vous avez un bureau magnifique !

- Merci ! Chez H. and K., nous concevons tout nous-mêmes. Nous avons emménagé il y a à peine un an.

- Monsieur Wilson, I'....

- Non, juste Trevor.

Pourtant, tous les signaux précédents indiquaient clairement que c'était « Monsieur Wilson » Son sourire la mit à l'aise. Son visage semblait tout droit sorti des catégories « prince charmant » ou « beau conte de fées ». La seule chose qui manquait était cet éclat en forme d'étoile rayonnant sur les dents.

Elle avait cependant très peu d'informations sur cette nouvelle situation, elle ne voulait pas dévoiler le fait qu'elle n'était pas vraiment préparée.

- Compris, Trevor... Nous débutons généralement par un entretien de base avec le client.

Elle ouvrit son bloc-notes et saisit un stylo.

- Pourriez-vous me dire précisément ce qui vous a poussé à nous appeler ?

Il gardait les mains baissées sous la table, se balançant d'avant en arrière sur sa chaise

- Je pensais que M. Miller vous avait communiqué tous les détails.

Elle n'aima pas son ton. Mandy était habituée à réagir vite, elle resta sur ses gardes et enchaîna :

- Effectivement, John m'a donné un aperçu de l'affaire, mais j'espérais obtenir un peu plus de détails directement de votre part. Il m'est toujours utile d'écouter le client. J'espère que cela ne vous dérange pas.

Il fit une pause, comme s'il essayait de prendre une décision.

- Non, tout va bien. Je... euh..., eh bien j'ai appelé hier soir après l'attaque.

Les sens de Mandy se mirent en éveil. Personne ne l'avait informée au sujet d'une agression réelle. Elle essaya de contenir sa surprise.

- Oui, rappelez-moi : quand a eu lieu l'attaque exactement ? Elle fit semblant d'être au courant du fait.

- C'était vers 22h15.

Il n'avait pas d'œil au beurre noir ni aucune blessure visible.

- Et où vous trouviez-vous exactement ?

- Dans le parking, je marchais vers ma voiture.

- Racontez-moi exactement ce qui s'est passé.

- J'ai quitté le bureau un peu après 22h00. À cette

heure-là, il ne reste plus beaucoup de monde dans la boite. Le concierge m'a vu sortir. Je suis descendu dans le hall, suis passé par les toilettes, puis je suis sorti sur le parking. J'ai ensuite traversé le premier niveau comme toujours. J'avais sur moi mon téléphone et mon ordinateur portable. Là, j'ai vu ce type venir vers moi, par la gauche.

Wilson se leva, baissa les yeux et commença à mimer la scène.

- Il m'a brutalement plaqué contre un pilier. Il pressait son bras contre ma gorge et me tordait le cou comme ça. Ensuite il m'a frappé violemment au ventre et j'ai laissé tomber mon sac contenant l'ordinateur.

Wilson était un homme vif qui savait raconter une histoire. Il s'approcha et tira sur le col de sa chemise pour révéler une trace rouge, sans doute une griffure.

- À quoi ressemblait cet homme ?

- Il était plutôt grand, quelques kilos de plus que moi, plus grand que moi en tous cas.

- Avez-vous vu son visage ?

- Non, il portait un masque noir qui couvrait son visage, du nez au menton. J'ai déjà tout raconté à la police. Ah oui, il avait des cheveux clairs et bouclés.

- Avez-vous pu voir la couleur de ses yeux ?

- Non, tout s'est passé très vite, il m'a d'abord

poussé, Je ne savais pas ce qui se passait jusqu'à ce qu'il me donne un coup de poing. J'ai essayé de le frapper à mon tour mais il était trop fort.

- Et après vous avoir frappé, que s'est-il passé ?

Trevor soupira. - Il m'a simplement dit : « Pour la réunion, ne soyez pas trop inquiet, faites baisser le prix ou ça ira mal... Vous avez six jours ! »

- Quelle réunion ?

- Je suppose qu'il parlait de notre réunion annuelle ce samedi. C'est notre évènement de l'année. Et samedi c'est dans six jours !

- Vous souvenez-vous d'une communication, d'un évènement à ce sujet dans le passé ?... D'un appel téléphonique ? un sms ? d'une lettre ?... Pas d'employés mécontents ? de licenciements récents ? ce genre de choses ?

Trevor secoua la tête. - Non, je ne vois pas

-D'accord. Mandy hocha la tête. - Comment sonnait sa voix ?

Trevor fixait le sol, sembla réfléchir...

- Euh..., il avait une voix grave, je crois... Il semblait vraiment en colère !... Un silence : cherchait-il ses mots ? Sa lèvre trembla un peu. Cela le dérangeait manifestement bien plus qu'il ne voulait le montrer. Il essayait de rester calme face à Mandy. - Ouais, un ton agressif, c'est sûr... Cela m'a vraiment secoué...

C'est tout ce qu'elle obtint. Il y avait certainement plus à creuser, mais elle allait devoir attendre, rester patiente.

- Il ne vous a pas lancé une menace spécifique du style : « Annulez la réunion ou je vous tue » ... Ce genre de chose ?

- Non, ces mots exacts étaient : « Pour la réunion, ne soyez pas trop inquiet, faites baisser le prix ou ça ira mal... Vous avez six jours ! »

Voilà, c'est tout...Cela semble un peu générique, n'est-ce pas ?

Mandy hocha la tête, réfléchissant.

- En fait, oui et non : L'expression n'est pas techniquement une menace spécifique. Mais la nature menaçante de « ou ça ira mal... Vous avez six jours ! » , c'est-ce que nous appelons : une catégorie spécifique de menace implicite.

- Une menace implicite ?

- Oui, il vous menaçait clairement, mais plus par ses actions et son ton que par les paroles elles-mêmes.

- Oui, ça a du sens.

-Et... puis-je vous demander : comment feriez-vous baisser le prix ? Faisait-il référence à un cours d'actions en bourse ?

Trevor haussa les épaules.

- Je suppose que oui... Mais je n'ai pas le pouvoir de faire baisser le prix.

Mandy tapota son menton avec son stylo.

- J'apprécie que vous partagiez tout cela avec moi. Je suis désolée, je comprends ce que vous avez vécu. Ces situations peuvent être très difficiles à gérer. Vous avez pris la bonne décision en nous appelant. Qu'avait à dire la police sur cet évènement ?

- Pas grand-chose, vraiment. Ils ont pris ma déposition. Mais tout ce qu'ils ont c'est cette description vague que je leur ai faite. Je vous répète : je n'ai pas bien vu son visage. Je n'ai pas vu de véhicule. Je n'ai même pas vu de quel côté il était parti. Ils ont pris toutes ces informations, m'ont donné un numéro de dossier et m'ont dit qu'ils me contacteraient s'ils trouvaient quelque chose. Le gars qui les dirigeait était détective : un certain Bremmer, je vous communiquerai ses coordonnées. Pour être honnête, ils ne semblaient pas très intéressés. J'espérais qu'ils en feraient un peu plus.

Mandy avait écouté de nombreux témoignages relatant une agression. Le comportement de Trevor semblait assez cohérent. Cependant, il avait l'air d'essayer de cacher ses faiblesses : un homme atypique en fait.

- À présent que vous avez eu le temps d'y réfléchir, y- a-t-il quelqu'un, quelque chose qui vous vient à l'esprit ? Soupçonnez-vous une personne ? Quelqu'un qui ne vous apprécie pas, quelqu'un avec qui vous êtes en désaccord ? Un employé que vous avez viré ?

Trevor secoua la tête.

- C'est le problème : je ne vois absolument pas qui aurait quelque chose contre moi. Je n'ai pas d'ennemis.

Mandy savait qu'il y avait toujours plus à creuser dans une histoire comme celle-là. Mais elle devrait avant tout construire une véritable relation avec son client pour pouvoir sonder plus loin.

- Ah ! encore quelques questions, si cela ne vous ennuie pas. Quelles sont vos fonctions, ici à H et K ?

- Je suis Vice-président du développement stratégique.

- Je vois.... Et au sujet de cette réunion annuelle ce samedi ?

- Oui ?

-Une réunion importante ? Une grosse réunion ?

- Nous sommes une société très ouverte, donc tous nos actionnaires peuvent y assister. Nous avons généralement beaucoup de monde. Chaque année, nos chiffres augmentent, tout comme le cours de nos actions. Il vérifia à nouveau son téléphone. - Mille soixante-quatre dollars par action aujourd'hui. L'année dernière, nous avons organisé la réunion au Hilton Uptown. C'est l'une des plus grandes salles. Mais cette année, avec le taux de participation attendu, elle se tiendra au Mancald

Center. Je peux vérifier auprès de Gloria, elle connaît les chiffres les plus récents, mais nous nous attendons à ce qu'environ quatre à cinq mille personnes se présentent.

Mandy prit note. Elle savait où se trouvait le Mancald Center. Elle était passée devant des dizaines de fois mais n'avait jamais eu l'occasion de pénétrer à l'intérieur. Il lui faudrait trouver un peu de temps pour explorer les lieux avant ce week-end.

- Et ce sera une première fois au Mancald Center ?

- Oui.

- Qui est en charge de la logistique pour la réunion ?

- Euh, ce sera Cindy Beckwith. Elle est déjà aux commandes. Je vais demander à Gloria de vous fournir toutes les informations. Cindy pourra vous communiquer les détails dont vous avez besoin.

- Bien, ça devrait aller. Mandy se leva. - Je vous laisse retourner au travail. Merci pour votre temps. Et ne vous en faites pas, mon boulot consiste à vous libérer de la menace qui pèse sur vos épaules. Je vais m'en occuper.

- Eh bien, vous tombez sur une semaine chargée. Avec ce samedi et toutes les autres réunions préparatoires, cette semaine s'annonce tout simplement folle.

Il jeta un coup d'œil rapide sur son écran d'ordinateur.

- Je vais courir partout en ville pour essayer de conclure.

- Pas de problème, je vous aiderai dans l'organisation de votre emploi du temps. Mandy se leva. - Certaines de ces réunions ont lieu hors de ces murs ?

- Oui, presque toutes.

- En ville ? Ou devez-vous partir en déplacement ?

- Elles ont toutes lieu ici.

- Je peux vous aider pour ça. Être sur la même longueur d'onde selon votre emploi du temps est l'une des choses les plus importantes que nous puissions faire pour assurer votre sécurité. Si vous allez dans un endroit qui n'est pas sûr, il est toujours bon pour moi de le savoir à l'avance.

- Ah bon ?

Sa voix avait un peu perdu en assurance.

- Simplement pour des raisons de sécurité. Je dois savoir dans quel environnement nous allons évoluer.

- Nous ?... Que voulez-vous dire ?

- Ensemble : j'irai avec vous à ces réunions et je serai avec vous ce samedi.

- Mais...Pourquoi ?

Sa voix commençait à ressembler à celle entendue brièvement lors de l'échange téléphonique un peu plus tôt. Il semblait étonné : Peut-être qu'il ne savait pas réellement ce qu'elle faisait là ? Après tout, elle n'avait toujours pas reçu les informations de John. Peut-être que Trevor n'avait pas non plus reçu les détails de son patron ? Mandy s'accorda une courte pause, pencha la tête.

- Qu'est-ce que John ou votre patron vous ont dit exactement sur mon rôle ? Elle voulait s'assurer qu'ils partaient ensemble du bon pied.

- Que vous seriez présente cette semaine pour enquêter sur cette menace et me protéger. En mettant la main sur le voyou qui m'a frappé.

-Je suis désolée, M. Wilson, euh..., Trevor. Je travaille comme agent de protection des cadres. Je suis désignée pour être votre garde du corps pour le moment. C'est mon travail de vous protéger. Mais jusqu'à ce que nous en sachions plus sur cette menace, je devrai rester avec vous. Surtout, jusqu'à ce samedi. Je suis votre garde du corps.

Son visage devint livide. C'était clairement nouveau pour lui.

- Garde du corps ?

- Je suis désolée, ce n'est pas de cela dont vous avez parlé avec mon patron, John Miller ?

- Non..., je... euh...

Trevor se gratta la tête et se frotta le cou. - Il a dit qu'il allait envoyer un de ses agents ici. Je pensais juste que vous enquêteriez. Je ne savais pas que vous resteriez avec moi tout le temps. En fait, ce sont Sam et Gloria qui ont mis en place tous les détails de cette opération. Pour être honnête, j'ai été recruté très récemment.

- Je suis désolée de toute cette confusion.

Mandy agrippa son bloc-notes à deux mains.

- Je vais certainement enquêter sur la menace, mais je le ferai en déplacement. Mon travail principal est de rester avec vous et de vous protéger. Je ne serai ici au bureau que lorsque vous y serez. Ce n'est pas assez clair dans le contrat ?

- Non, non, ça va. Ce sera parfait. C'est juste que la semaine est très chargée. J'ai beaucoup à faire, ça va être..., euh..., mouvementé. Il se força à sourire.

- Aucun problème. Mandy recula vers la porte. - Je vais aller retrouver Gloria et Cindy pour obtenir certains détails. Dites-moi simplement si je peux vous aider en quoi que ce soit aujourd'hui.

- D'accord. Je vous remercie.

Mandy ne put déceler si l'expression sur le visage de Trevor exprimait la perplexité ou la frustration. Voilà qui partait d'un bon pied !

Chapitre 2

LUNDI 10H34

Un garde du corps ? Comment était-ce censé fonctionner ? Outre le fait que son garde du corps fût une femme, Trevor était surpris de constater à quel point elle s'activait. Il se rassit à son bureau et poussa un long soupir. Enfin, une pause dans tout ce chaos. Il consulta sa boîte mail. Il avait reçu une douzaine de nouveaux messages ce matin. Il n'avait pas envie de les lire.

Qui était cette Mandy Hunter ? Qui pensait-elle qu'il était ? Il avait beaucoup à faire cette semaine et ne pouvait pas tout arrêter pour l'emmener partout où il se rendrait. Il avait sa part de travail dans l'organisation de l'assemblée annuelle. Et comme on n'était que lundi matin, il savait qu'un tas d'autres obligations allaient arriver avant samedi. Mandy lui avait posé des questions sur son emploi du temps à plusieurs reprises. C'était une chose avec laquelle il n'aimait pas s'embêter. Il comptait sur Gloria pour lui fournir tout cela. Il espérait vraiment que Mandy n'allait pas l'accompagner à toutes les réunions prévues. Il n'avait pas besoin d'une baby-sitter !

Sur le net, il essaya de trouver l'entreprise chez laquelle H et K avaient embauché Mandy, mais il se rendit compte qu'il n'avait pas même demandé le nom de son employeur. Peut-être travaillait-elle en solo comme auto-entrepreneur ? Il envoya un mail à Gloria. « Quel est le nom de la société qui emploie Mandy ? ». Peut-être pourrait-il alors trouver le rôle de Mandy, son CV, ses qualifications ?

Ce n'était pas le fait qu'elle soit une femme. Les femmes peuvent aussi faire ce travail. Il devait chasser les préjugés dans sa tête. Non pas parce qu'il estimait qu'une femme ne puisse pas le protéger, il n'avait simplement pas pensé à tout cela.

Il fit à nouveau défiler sa boîte de réception qui se remplissait déjà de messages sans réponse. Il retrouva le contrat que Sam lui avait envoyé ce matin. Sur son ordinateur, il pouvait mieux le lire que ce matin sur son téléphone et dans la voiture. Il parcourut le texte un peu plus attentivement cette fois. Effectivement, tout était écrit, noir sur blanc : « H&K Design Inc. propose d'embaucher un agent de protection exécutif pour assurer la sécurité à plein temps de M. Trevor Wilson cadre de direction. » Il conclut que puisque le terme « garde du corps » n'était pas utilisé, il n'avait pas compris immédiatement la réalité. *Un agent de protection exécutif* devait certainement être une expression sophistiquée pour désigner un garde du corps. Il continua à lire. « Les services doivent inclurent, mais sans s'y limiter, la protection physique de M. Trevor Wilson. L'agent de protection exécutif (ci-après dénommé agent) devra se tenir à proximité de M. Wilson en tout temps, en tout lieu, dans des limites raisonnables.

H&K Design Inc. accepte de donner à l'agent tous les accès nécessaires aux déplacements physiques, aux bureaux, aux espaces de travail, au domicile, au véhicule, au travail et aux horaires de déplacement, afin d'assurer la sécurité de M. Wilson et de H&K Design Inc. L'agent acceptera de ne pas perturber inutilement l'horaire de travail de M. Wilson ou de H&K Design Inc. »

Attends !... Quoi ?... Domicile ?... Véhicule ?... Qu'est-ce que cela voulait dire ? Est-ce qu'elle rentrerait à la maison avec lui ? Qu'est-ce que ça signifiait tout ce chambardement ?

Sam Frederick, le PDG et patron de Trevor, était bien celui qui avait finalisé les détails du job. Wilson avait besoin de plus de détails. Sur son ordinateur, il repéra le drapeau vert portant le nom de Sam. Il indiquait que celui-ci était dans son bureau. Sur son écran, il cliqua l'icône du PDG. Son ordinateur appela automatiquement le bureau de Sam et fit le relais sur son téléphone qu'il plaqua à son oreille. Il faisait partie de l'équipe de direction, ils étaient bons amis lui et Sam. Mais il aurait apprécié d'être mieux informé pour partager une telle décision !

- Salut ! répondit Sam Frederick.

- Sam, c'est Trevor. T'as une minute ?

- Oui. (Trevor put constater depuis son ordinateur que Sam était sur haut-parleur.)

- C'est à propos de ce John Miller, la société de sécurité que nous avons contactée.

- Oui. Que se passe-t-il ?

- Une gamine toute excitée est entrée dans mon bureau et m'a expliqué qu'elle allait être mon garde du corps pour la semaine !

- Oui je. . .

- Sam ! Trevor l'interrompit et se pencha en arrière sur sa chaise. - Je n'ai pas besoin d'un garde du corps ! Elle mesure environ un mètre cinquante. Elle a à peine vingt ans ! De quoi va-t-elle me protéger ?

- Relax Trevor, nous en avons déjà discuté. Sam gloussa et reprit : - Monsieur Miller nous a envoyé l'un de ses meilleurs agents.

- Nous avions parlé de quelqu'un qui aiderait la police à découvrir qui m'a attaqué. Nous n'avons pas parlé d'embaucher une baby-sitter, genre allumeuse.

- Miss Hunter n'est pas une baby-sitter, Trevor. Tout était indiqué dans le contrat, je te l'ai envoyé ce matin. Tu as tout signé.

Zut !... Il se souvenait à présent. Il avait jeté un coup d'œil rapide sur ce contrat PDF que Sam lui avait envoyé alors qu'il conduisait. Il l'avait signé sans l'avoir vraiment lu. Il laissa échapper un soupir audible au téléphone.

- Je suppose que je ne m'attendais pas à ça, c'est tout. Je veux dire : je n'ai pas le temps cette semaine pour traîner quelqu'un avec moi toute la journée.

- À ta place, Je ne refuserais pas. Dit Sam. Sa voix était plus forte maintenant. - L'entreprise prend cette menace très au sérieux et je veux que tu fasses de même. Mlle Hunter fera très bien son travail à tes côtés et elle restera en dehors de ton chemin. Je vous suggère de vous habituer l'un à l'autre car elle est à présent ta nouvelle meilleure amie. Si cela ne te dérange pas, j'ai d'autres choses plus importantes à finaliser pour samedi. Tu veux aussi que je t'explique comment travailler avec Miss Hunter cette semaine ?

Sa voix se transforma en un rire. Il semblait plaisanter, mais en même temps Trevor pouvait deviner qu'il était sérieux.

- O.K....O.K.... Tout ira bien. Désolé de t'avoir dérangé.

Super ! Cette semaine devenait de plus en plus intéressante. Après la nuit dernière, il ne pensait pas que cela pouvait être possible. Mais apparemment, ça l'était.

Chapitre 3

Mandy se tenait devant le bureau du PDG. Sam Frederick avait le visage rouge. Elle n'arrivait pas à choisir si elle était plus embarrassée ou plus énervée par ce qu'elle venait d'entendre sur le haut-parleur.

- Je suis vraiment désolé pour tout ça.

Frederick semblait contrarié. Il essaya malgré tout de rester professionnel. Mandy n'arrivait pas à croire ce qu'elle venait d'entendre : son nouveau client la traitait de baby-sitter ! d'allumeuse ! de fillette mesurant un mètre cinquante et incapable de le protéger. Quel esprit macho ! Elle mesurait un mètre soixante-cinq. Quel imbécile ! Elle avait trente-cinq ans. Merci beaucoup ! Il n'avait pas parlé de son poids. Elle aurait souhaité lui couper le sifflet pour lui préciser son poids.

- Tout va bien, M. Frederick, dit Mandy, affichant un sourire pour le mettre à l'aise. Elle savait qu'elle pouvait intenter une action en justice pour ce commentaire, mais ce ne serait pas nécessaire. - Ce n'est pas la première fois que quelqu'un me traite ainsi. Mais M. Miller et moi maintiendrons notre réputation.

- Je vous fais confiance, c'est pourquoi nous vous avons embauchée. Trevor reste un gars formidable, malgré ce que vous avez entendu. J'attendrai des excuses de sa part très vite.

- Inutile. Je n'en ferai rien.

Elle gardait son calme, mais à l'intérieur, elle brûlait du désir d'entrer dans le bureau de Trevor et de lui faire une petite démonstration de la facilité avec laquelle elle pouvait le saisir et l'envoyer au tapis. Frederick était soulagé. Son visage se détendit.

- En tous cas, je vous assure que cela ne se reproduira plus. Les commentaires de Trevor ne sont pas en cohérence avec les valeurs de notre entreprise. Parler des femmes comme ça, cela ne nous ressemble pas.

- Je sais que M. Wilson est très stressé après les évènements de la nuit dernière. Je sais aussi que c'est une grosse semaine pour lui et je ne vais rien lui reprocher ici. J'ai l'habitude de travailler avec des personnes victimes de harcèlement criminel, de violence domestique, de menaces, d'extorsion et de toutes sortes de violence. Lorsque le niveau de stress devient élevé, les gens réagissent souvent de manière imprévisible.

- Eh bien, j'apprécie votre professionnalisme et votre compréhension. Si vous décidez de changer d'avis, n'hésitez pas à me le faire savoir.

- Ne vous en faites pas ! Mandy sourit. - La seule chose dont j'ai besoin c'est votre soutien.

- Vous l'avez, Miss Hunter !

- Et s'il vous plaît envoyez-moi ce que vous avez sur la réunion annuelle de cette semaine. Je verrai avec Cindy pour le reste. Voici ma carte. Elle lui tendit la main pour lui donner une vraie carte papier. Ce n'était pas quelque chose qui se faisait beaucoup ces jours-ci, mais M. Frederick était plus âgé et se sentirait plus à l'aise avec cela.

- D'accord, merci encore, Miss Hunter.

- Moi, c'est Mandy.

M. Frederick sourit. Au moins, elle avait réussi à trouver un moyen de commencer du bon pied avec le PDG. Ensuite, il faudrait mettre Gloria de son côté. En sortant, elle se souvint de ce que Trevor avait dit. Il l'avait traitée de « baby-sitter, de gamine ». Pourquoi les hommes disaient-ils des trucs pareils ?

Son téléphone sonna. Dieu merci. C'était le paquet d'informations de John. Environ trois heures de retard celui-là. Merci patron, de m'avoir envoyé en aveugle, passant pour une gamine. Elle secoua la tête avec agacement. John était un peu trop lent sur le travail administratif. C'était un excellent opérateur, il était intelligent, mais il manquait parfois d'organisation.

Elle ouvrit le PDF et scanna les textes. « Monsieur Trevor Wilson. Vice-président exécutif du développement stratégique chez H&K Design Inc. Niveau de menace : risque élevé. Un portrait d'allure professionnelle : les épaules carrées le montraient souriant. C'était une photo à jour. « Le 6, vers 22 h 00, le client a été attaqué et agressé par un assaillant inconnu dans le parking H&K. Voir le rapport de police ci-joint. » *Cela aurait été bien de le savoir avant de rencontrer le client !* songea Mandy. Monsieur Wilson n'a pas été blessé et n'a pas pu identifier l'attaquant. Après avoir agressé M. Wilson, l'attaquant a proféré une menace verbale implicite : « Pour la réunion, ne soyez pas trop inquiet, faites baisser le prix ou ça ira mal... Vous avez six jours. »

D'après le compte rendu de l'incident avec M. Wilson et la discussion avec le PDG de H&K Design, Samuel Frederick, il parait raisonnable de supposer que les menaces pourraient augmenter à mesure que la date de la réunion annuelle se rapproche. »

Tout cela aurait pu être agréable à apprendre. Mandy se dirigea vers un coin de la salle d'attente et sortit son téléphone. Elle ne souhaitait pas appeler son ex-mari mais là, elle n'avait plus le choix. Elle ne profiterait pas de ce week-end de trois jours cette fois. Elle grimaça, fit une pause avant d'appuyer sur le bouton d'appel. Il allait adorer ça. Elle mit le téléphone à son oreille.

- Bonjour ? Son ex. répondit comme s'il ignorait son numéro.

- Rob, c'est Mandy. J'ai un bug ce week-end, je travaille jusqu'à samedi.

- D'accord ça marche, avec plaisir. Mandy sentait que ça sonnait faux. Ça l'ennuyait toujours. - Karen et moi pouvons garder les enfants pour le week-end.

- Je peux les récupérer le dimanche matin ou le samedi soir s'il n'est pas trop tard.

-Si tu veux... Est-ce que tout va bien ?

- Oui, ça va : je dois juste travailler jusqu'à samedi, c'est tout. Un boulot qui vient d'arriver. Je ne peux pas en parler.

Ce genre de conversation avait eu lieu des centaines de fois durant leur mariage. C'était comme travailler à nouveau pour la CIA. Mandy commençait juste l'académie de la CIA quand ils s'étaient rencontrés. Beaucoup de leurs amis leur avait conseillé de ralentir, mais ils pensaient être capable de gérer. Ils n'avaient aucune idée dans quoi ils s'embarquaient. Elle n'avait aucune piste sur le déroulement de carrière qui l'attendait quand elle rejoignit la CIA. Elle était souvent envoyée à l'étranger. Même lorsqu'elle restait aux États-Unis, elle ne pouvait guère parler de son travail. C'était sans cesse une barrière dans leur relation. Toute une partie de sa vie qu'il ne pourrait jamais connaître... Ils n'auraient jamais dû se marier.

- C'est bon ! c'est bon. J'expliquerai aux enfants.

- Dis-leur que j'appellerai ce soir. J'aimerais passer un peu de temps avec eux au téléphone.

- D'accord, appelle quand tu peux.

- Merci ! Bye.

Au revoir. Rien ne faisait plus courber son estomac que d'essayer d'être gentille avec cette bite. Le pire dans ce week-end serait qu'elle devrait chercher les enfants chez eux. Elle ne pourrait pas éviter Rob ou Karen. Génial. Cela allait être une longue semaine.

Chapitre 4

LUNDI 11H13

- Monsieur Wilson ?

La voix de Gloria venait de la porte. Trevor leva les yeux de son ordinateur.

- Oui ?

- Monsieur Frederick a appelé, il aimerait vous voir vous et Mlle Hunter.

- D'accord, merci. Gloria se retourna et sortit.

Frederick ? Que voulait encore le PDG ? Trevor réalisa qu'il ne savait pas où se trouvait Mandy. Il n'avait même pas son numéro de portable. Il fourra son téléphone dans sa poche et sortit précipitamment pour tomber nez à nez avec Mandy.

- Oh, désolée, dit Mandy. Je venais justement vous rejoindre, Monsieur Frederick veut nous voir tous les deux.

- Oui, Gloria vient de m'informer.

- Très bien, montrez-moi le chemin.

Ils traversèrent le couloir. Il espérait que Mandy n'allait pas jouer la garde du corps qui serait sur ses talons à chaque pas. Il se retourna :

- Avez-vous eu une copie du rapport de police ?

- Oui, j'en ai reçu une copie de Gloria.

- Oh, je suppose que je devrais connaitre votre numéro de portable ?

Son propre téléphone vibra.

- C'est probablement Gloria qui vous l'envoie. Moi, j'ai le vôtre.

Il consulta son téléphone, et bien sûr, c'était Gloria qui venait de lui envoyer par texto les coordonnées de Mandy.

Wilson pénétra le premier dans le bureau du patron.

- Sam, c'est...c'est...euh...

- Je sais. Nous nous sommes déjà rencontrés.

Frederick souriait sous sa moustache grise.

Mandy l'avait déjà rencontré ? Elle devait travailler très vite ! Ce n'était pourtant pas facile de rencontrer le PDG. Encore moins au premier jour de votre engagement !

Trevor prit place à la petite table de réunion dans un coin comme à son habitude. Mandy s'assit à côté de lui. Frederick déplaça la chaise de son bureau.

- Alors, Trevor, comment vas-tu après l'incident d'hier soir ?

- Ça va, je crois... ce sont des choses qui arrivent !

- Bien ! j'ai pris contact avec Mandy et son employeur Monsieur Miller. Nous voulions discuter un peu plus spécifiquement du niveau de menace. Il y a des choses que Mlle Hunter peut nous fournir et auxquelles nous n'avions pas pensé au départ. Mlle Hunter ?

Mandy sourit et les regarda tous les deux.

- L'attaque a eu lieu ici au moment précis où Monsieur Wilson se dirigeait vers sa voiture. Cela signifie que l'attaquant était familier de ses activités et de ses routines quotidiennes. Cette personne savait où il travaillait et où il se garait. Tout cela suggère que l'attaquant sait également où il vit.

Elle se tourna vers Trevor.

- Votre maison était probablement déjà surveillée, et elle l'est certainement en ce moment. Ajoutez à cela la réunion annuelle qui se prépare ce samedi : tout nous indique que la menace augmente. Ce niveau augmentera chaque jour où nous nous rapprochons du week-end.

- Et, donc ?... Que proposez-vous ? enchaîna Frederick.

- Il serait sage de déplacer Monsieur Wilson. Du moins jusqu'à la fin de la réunion annuelle. Dans une telle situation, l'endroit le plus sûr pour mon client serait l'hôtel. Un hôtel choisi au hasard, sans lien avec l'entreprise. L'attaquant ne saura pas où le trouver. Il séjournera sous surveillance physique. Je me chargerai de sa protection. Protection que je peux assurer, même en conduisant.

- Super ! dit M. Frederick.

- Je ne suis pas d'accord ! Trevor se leva. - C'est une semaine chargée pour moi et pour nous tous ! Je n'ai pas le temps de faire mes valises, de bouger et de bouleverser mon emploi du temps ! Je ne vais pas tout changer et déménager dans un hôtel !

Frederick était penché en arrière sur sa chaise. Ses yeux allaient et venaient entre ses deux interlocuteurs.

- Je pense que Miss Hunter a raison. Ce sera le plus sûr pour toi. OK, cela augmentera le budget, mais je crois que ça en vaut la peine.

- Sam ! Allez !...

- Réfléchis, Trevor ! C'est la bonne solution. Tu es trop important ici. Je ne veux pas te perdre ni risquer de nuire à l'entreprise. C'est pourquoi nous avons engagé Miss Hunter en premier lieu. C'est elle l'expert ici. Je pense qu'il faut lui faire confiance. Au moins jusqu'à samedi après-midi.

Trevor secoua la tête et se retourna. Il appréciait sa liberté. Il n'aimait pas l'idée d'être sous tutelle.

- Merci, Monsieur Frederick, dit Mandy.

Comment comptaient-ils s'organiser ? Il ne se sentait pas prêt à faire ses valises.

- Ah !... L'autre chose dont nous avons parlé… Frederick fit rouler sa chaise en arrière. Son gros ventre dépassait de sa ceinture. - Mandy restera avec toi à tout moment. L'entreprise s'engage à payer ses services vingt-quatre sur vingt-quatre, sept jours sur sept. Elle sera aussi ton chauffeur. Où tu iras, elle ira.

C'est cela ! Maintenant, en plus il allait avoir un chauffeur !

- Mon chauffeur ?

- Elle te ramènera à la maison puis ici.

Trevor se retourna vers Mandy. Elle le dévisageait avec un joli sourire.

- Nous faisons louer une voiture par Gloria. Elle sera livrée ici cet après-midi. Nous laisserons nos deux voitures en sécurité dans le garage de l'entreprise

- D'accord ! dit Trevor.

Donc, je vais devoir faire mes valises, et passer par chez moi. Cela allait trop vite. Il devait essayer de raisonner son patron.

- Je comprends ton inquiétude, Sam, la nuit dernière il y a eu un incident. Rassure-toi, je vais bien J'apprécie votre sollicitude, à toi et à Mandy, mais je pense qu'il n'y a pas de quoi en faire tout un plat. Ce n'était qu'un incident.

- Je comprends. Frederick grimaça. - Tu dois comprendre que ce n'est pas seulement toi, mais toute l'entreprise que je veux protéger.

Mandy avait fait un pas en avant et s'apprêta à utiliser sa voix la plus persuasive. C'est ce qui lui permettait de construire rapidement de nouvelles relations. Elle avait déjà parler à Sam. Le client aimait les femmes sexy.

- Je sais que ce type de situation peut être difficile à appréhender quand on n'est pas habitué. Mais croyez-moi, nous gérons ce type d'agressions tout le temps. Chacune est différente, la gravité de la menace ne peut être sous-estimée. Quelqu'un vous a agressé physiquement et il pourrait recommencer à tout moment.

Trevor secoua la tête.

- Je comprends, mais je ne supporterai pas d'avoir quelqu'un collé à mes basques toute la journée. J'insiste : cette semaine est importante.

- Je n'essaie pas de vous marcher sur les pieds, Monsieur Wilson. Je suis ici pour répondre à nos exigences contractuelles envers H et K. Ce sera plus facile si nous pouvons parvenir à un accord sur la façon dont je peux mener la mission.

- D'accord, très bien.

Trevor passa sa main dans ses cheveux.

- Je comprends que cela vous paraisse stressant, mais je peux vous aider.

Il n'aimait pas le ton que Mandy utilisait. Elle était bien trop professionnelle. S'il ne faisait pas attention, elle pourrait facilement le faire passer pour quelqu'un qui ne pouvait pas supporter la pression. Elle n'avait aucune idée de qui elle essayait de gronder. C'est lui qui avait conclu la transaction avec Helstatic Engineering LLC. Il était une star dans cette entreprise. Il ne pourrait pas jouer à ce jeu.

- Trevor, Miss Hunter restera donc avec toi cette semaine. Considère-la comme ta deuxième assistante de direction. Une assistante qui s'occupe de ta sécurité.

Trevor eut envie de répliquer. Il se tourna vers Mandy, celle-ci se dressa comme une statue, le défiant du regard. Elle venait de gagner sa cause.

- Je veux simplement m'associer avec vous durant cette semaine, Monsieur Wilson.

Elle était belle, c'était certain ! Au moins, il n'aurait pas à traîner une mocheté.

- D'accord, ça marche.

- Je travaillerai avec vous et Gloria selon votre emploi du temps, vos lieux de réunions, et toutes autres choses.

- D'accord, Mandy. En matière de sécurité, c'est vous le patron.

- Merci !

Trevor soupira et sortit de la pièce. Cette semaine débutait bizarrement. De plus, cela allait être une longue semaine.

Chapitre 5

Ce soir-là, ils arrivèrent dans la rue de l'hôtel Marriott. C'était la première fois que Trevor s'absentait du travail depuis longtemps. Ils étaient passés par chez lui, avaient pris un sac, et maintenant se retrouvaient ici. Mandy fit un premier passage devant l'hôtel mais au lieu de se garer devant l'entrée, elle arrêta la voiture un peu plus loin. Il ne comprenait pas. Pourquoi ne se garait-elle pas devant la porte ? Elle choisit une place de stationnement, continua encore quelques mètres, stoppa puis recula lentement pour garer la berline noire. Elle jeta un coup d'œil à la ronde et lui fit signe de sortir.

- Puis-je vous poser une question ? Demanda Trevor.

- Ouais.

Il se retourna vers la porte de l'hôtel qui était à une bonne quarantaine de mètres.

- Pourquoi nous sommes-nous garés ici ? Et pourquoi avoir fait marche arrière ?

Mandy se tourna vers la voiture.

- Reculer permet une échappatoire rapide et plus sûre. De plus, la voiture reste visible depuis le hall de l'hôtel, nous sommes garés sous un réverbère.

Trevor admit que c'était l'un des seuls endroits éclairés et qui était directement visible depuis l'hôtel. - D'accord. Vous planifiez vraiment tout, n'est-ce pas ?

- C'est pour cela que votre entreprise me paie.

Elle ouvrit le coffre et sortit leurs sacs. Trevor avait déjà perdu une bonne heure passée sur la route et une autre demi-heure pour faire ses bagages. Un temps qu'il aurait préféré occuper à gérer son travail et répondre à ses mails.

Ils s'enregistrèrent à la réception de l'hôtel. Trevor ouvrit la porte de sa chambre, Mandy entra juste derrière lui.

Elle alluma les lumières.

- Waouh..., la classe ! ...mais..., Je ne pense pas que nous sommes censés partager la chambre pour le moment !

- Très drôle !

Mandy inspecta la salle de bain, fit le tour de la chambre : deux lits, une commode, une table, une chaise. Comme dans n'importe quelle chambre d'hôtel.

- Ça y est ? Je suis à l'abri du danger maintenant ? tout est OK ?

Elle perçut un soupçon de sarcasme dans sa voix.

- Oui.

Aucun humour dans le ton. Elle avait l'air de ne pas vouloir plaisanter. Ça tombait bien ; lui non plus !

- Merci, je vous verrai dans la matinée alors.

- Oui, quelle heure ?

- Je veux être au bureau à sept heures. Partons d'ici à six heures ?

- Compris, la voiture sera garée devant l'entrée un peu avant six heures.

- C'est vous la patronne !

Le ton était toujours ironique. Elle ne releva pas, ne mordit pas à l'hameçon. Il passa devant elle et posa sa valise sur le lit. Mandy sortit sans un mot. Trevor s'assit sur le lit et poussa un profond soupir. À peine installé, son téléphone vibra, lui signalant un nouveau mail. C'était la réponse de Gloria à propos de l'employeur de Mandy.

« Doxa International » : c'était la réponse. Il pouvait toujours compter sur Gloria : il avait sa confiance. Il tapa « Doxa International New York » dans Google et le site Web apparut. Il cliqua dessus. « Doxa International. PRUDENCE ET EXELLENCE. » Quel slogan intéressant. Prudence ? Le site avait l'air assez récent. Assez moderne. Pas mal. Le fond était tout noir et le seul logo était un simple signe argenté. Il représentait une croix, Presque comme celle de la croix rouge. Il ne savait pas ce que cela voulait dire, mais il était sûr que cela signifiait quelque chose. La croix brillait d'un éclat métallique, elle avait de la profondeur. Ce n'était pas quelque chose qu'il aurait attendu d'une entreprise de sécurité qui employait des escortes, des gardes du corps... ou peu importe leur nom.

La page d'accueil contenait également une grande photo de très bonne qualité représentant un groupe de personnes en costume noir entourant quelqu'un qui montait dans une limousine. C'était une photo style instantané, en temps réel, c'était certain, pas une mise en scène ni des acteurs. Les personnages portaient tous des lunettes de soleil et des oreillettes. On aurait dit qu'ils escortaient quelqu'un sortant d'un immeuble. La personne escortée était un homme plus âgé, on ne pouvait pas le reconnaître car son visage était flouté.

Trevor se pencha et plissa les yeux. Chacun de ces gardes du corps portait cette même épinglette argentée sur le côté gauche. La même qu'il avait remarquée sur la veste de Mandy. Belle touche minimale. Donc, ces gars-là faisaient un travail de type service secret ? Peut-être que l'homme sur la photo était un politicien ? C'était de haute qualité, nette, très professionnelle.

Le texte était minimaliste. Simplement trois titres. À propos de nous, Nos services et Nos contacts. Il cliqua sur l'onglet « À propos de nous » et tomba sur une nouvelle page. Sur cette page, une autre photo en temps réel. Il s'agissait d'un gros plan : un homme dans le même costume noir aidant un autre plus âgé à descendre un escalier. Une scène d'extérieur. Le garde du corps portait la même épinglette argentée. Son visage était sévère et sérieux, la bouche fermée. Ses yeux étaient couverts de lunettes de soleil mais il était évident que ce type était concentré sur sa tâche.

Pas beaucoup de texte non plus sur cette page. « Doxa International est l'une des principales sociétés de protection des cadres dans la région métropolitaine de New York. Nous sommes en activité depuis plus de vingt ans. Notre volonté est de vous donner la tranquillité d'esprit tout en faisant preuve de professionnalisme et d'excellence. »

Il cliqua sur l'onglet « Services ». Nouvelle page : Une photo montrait trois berlines noires et une limousine se dirigeant vers la caméra. Des gens étaient alignés de chaque côté de la rue. Cela ressemblait à ces moments lors de l'investiture d'un président. Mais il s'agissait là clairement d'un cadre du privé, on n'était pas à Washington. Ce n'était pas une photo d'archive, c'était sûr ! La scène était réelle. Les services étaient énumérés en dessous : protection des cadres, logistique des voyages, renseignement et protection, surveillance, contre-surveillance, évaluation des menaces, menaces technologiques.

Il cliqua sur « Protection des cadres ». Il élargit un paragraphe qui disait : « La protection de la direction est une véritable vocation, pas seulement un travail. Tous nos agents viennent de milieux militaires, en application de la loi fédérale. Tous les membres de notre équipe suivent une formation rigoureuse qui surpasse toutes les normes de l'industrie. Votre sécurité est notre priorité. »

Il cliqua sur les autres pages. Un seul bureau à Brooklyn. Pas de photos de Mandy et pas d'autres noms. Hmmm...Soudain la vibration de son alerte courriel : C'était un e-mail de Gloria. « CV de Mandy », lut-il. Il cliqua sur la pièce jointe. Un portrait de Mandy accompagné d'un CV rédigé par des professionnels. La photo accrocha immédiatement son regard. La seule chose plus belle que cette photo, c'était la vraie Mandy qu'il avait rencontrée ce matin !

Suivait un texte :

Expérience de travail

- Doxa International, agent de protection des cadres, cinq ans.

- Central Intelligence Agency, dix ans.

Waouh ! elle était passée par la CIA ? Pendant dix ans ? Ce petit bout de femme aux yeux brillants, aux cheveux parfaitement coiffés venait de la CIA ?

Il ne pouvait pas l'imaginer comme une espionne, mais les seules représentations qu'il en avait provenaient des films. Il n'imaginait pas Mandy, ses yeux clairs, son beau visage, sa coiffure soignée... tirant à la mitraillette sur des terroristes ! ou conduisant une voiture dans une course-poursuite à travers les rues de Paris ... ou quoi que ce soit du même genre ... Elle était trop belle pour ça ! Certes, Il avait entendu dire que la CIA employait toutes sortes de personnes : des analystes, des informateurs, des pirates de données, ce genre de choses.

Qui sait ce qu'elle avait fait à la CIA ? Elle n'était tout de même pas une espionne comme dans les films ?

Il poursuivit sa lecture :

Compétences et spécialisations

 - Protection rapprochée

- Gestion des situations d'urgence

- Gestion des situations de crise

- Diplômes : sauvetage en montagne, assistance médicale, assistance psychologique à la personne.

Certificats et récompenses

- Médaille CIA Intelligence Commendatios

Il voulut savoir ce que c'était !

Il ouvrit une nouvelle fenêtre sur son navigateur Web, fit une recherche sur Google sur cette médaille.

« La médaille de mérite du renseignement est décernée par la Central Intelligence Agency pour l'exécution d'un service particulièrement louable ou pour un acte ou une réalisation bien au-dessus des fonctions habituelles, qui se traduit par une contribution importante à la mission de l'Agence. »

Waouh... Trevor se demanda ce qui méritait une telle reconnaissance. Peut-être que la petite Mandy avait dénoué une situation complexe d'un seul coup de poing ?

Chapitre 6

MARDI 5h59

Mandy gara la voiture devant l'entrée de l'hôtel. À pieds, elle franchit la porte puis se déplaça le long du mur pour garder un œil à la fois sur le hall et sur son véhicule. Elle avait profité d'une bonne nuit de sommeil. Il y avait eu peu d'échanges téléphoniques ou par internet comme c'était l'habitude lors d'un premier jour d'un nouveau contrat. Elle n'avait pas appris grand-chose sur la menace qui pesait sur son client. Pourtant, elle avait laissé un message au détective Bremmer lui demandant de se pencher sur le cas Trevor. Il n'avait pas rappelé. Il était d'ailleurs peu probable qu'il le fasse de sitôt. Le détective croulait sans doute sous le boulot.

C'était frustrant : elle n'avait toujours pas reçu l'emploi du temps de Trevor réclamé à Gloria. Elle avait même songé à revenir pour le lui réclamer une nouvelle fois. Finalement elle s'était contentée de renvoyer un message à Gloria en guise de rappel. Si elle ne l'obtenait pas aujourd'hui, elle devrait sans doute passer par Frederick pour l'obtenir. Elle ne désirait pas en arriver là.

Elle longea le couloir et attendit que Trevor sorte de sa chambre. Il était six heures et demi quand il apparut, les yeux sur son téléphone, lisant certainement un message.

- Bonjour, dit-elle.

- Bonjour.

Son visage n'avait pas quitté le téléphone. Pas étonnant que ce type ait été attaqué à la vue de tous ! Son œil toujours collé sur l'écran, il s'installa sur le siège passager sans un mot pour Mandy.

- Ah ! ...Merci ! Trevor avait trouvé la boisson fraîche Zero Ultra Monster qu'elle avait déposée devant son siège.

- Alors ? des rendez-vous ou des réunions importantes aujourd'hui ?

- Je dois rencontrer Sam et Shelly à 7h15.

- Au bureau ?

- Oui.

Mandy consulta sa montre. Bon sang, il était déjà 6h07. Elle aurait aimé être prévenue plus tôt. Ils n'y arriveraient tout simplement jamais. En plus, le trafic était dense ce matin.

- Sinon, d'autres activités dont je devrais être au courant ?

- Euh, j'ai une réunion avec M. Kostas à 15h cet après-midi.

Trevor consultait toujours son téléphone. Est-ce que cet homme avait déjà levé une seule fois les yeux sur elle ? Il était totalement accro à son truc.

- Aussi au bureau ?

- Non, c'est au bureau de Kostas.

Pourquoi devait-elle poser trois questions pour obtenir un seul renseignement pertinent ? Mandy s'arma de patience pour ne pas répliquer sèchement.

- Et où se trouve son bureau ?

- Euh, c'est en ville, Gloria doit avoir l'adresse.

Quand elle arriverait au bureau, elle allait certainement avoir une conversation avec Gloria.

- Alors ? Agent de protection exécutif ? Il avait commencé à parler, les yeux toujours rivés sur son téléphone. Ça promettait d'être ennuyeux s'il ne la regardait jamais. - Est-ce juste un mot fantaisiste pour désigner un garde du corps ? Une sorte de truc ésotérique ?

Il posa enfin son téléphone. Elle sourit.

- Je suppose que oui. Mais il y a une grande différence entre les deux.

- Ah oui ? Comment ça ? Maintenant que j'y pense, je n'ai pas vu du tout le mot « garde du corps » sur la page Web de votre entreprise.

- Bien sûr. Je suppose que c'est comme un amateur de café qui lui connait, la différence entre un Macchiato et un Flat White.

- Vraiment ? J'aime le café. Alors, quelle est la différence entre un garde du corps et un agent de protection exécutif ?

Elle ne s'attendait pas à ce genre de conversation de sa part : Monsieur Téléphone Trevor serait devenu une personne vivante ? C'était certainement une bien meilleure version de celui avec qui elle passerait du temps !

- Eh bien, c'est une de ces choses qui ne préoccupent probablement que nous dans le métier. Les termes peuvent être interchangeables et il n'y a vraiment aucune différence dans la définition. Mais si je devais répondre en tant que pro de la sécurité. *Elle avait mis l'accent sur cette dernière phrase et réussit à lui voler un regard. Ses cheveux superbement coiffés et ses pommettes saillantes occupaient tout l'espace.* Je dirais qu'aucun agent de protection exécutif au monde ne voudrait être qualifié de simple garde du corps. Je préciserais qu'un garde du corps n'est qu'un corps, un bloqueur de balles. Par exemple, quelqu'un qui est grand utilise ses muscles pour réagir à une menace. Un garde du corps en général, c'est quelqu'un qui se présente, attend que quelque chose se passe et réagit ensuite pour protéger son client.

- D'accord, je suis d'accord avec cette définition du garde du corps, mais... ce n'est pas vous ?

- C'est vrai, ce n'est pas moi et ce n'est pas notre façon de faire chez Doxa International.

-Vous êtes un agent de protection exécutif des cadres dirigeants !

- J'aimerais penser cela.

- Et cette définition est ?

- La protection de la direction est différente de la simple fonction de garde du corps. Nous aimons à penser que la protection des dirigeants est un peu plus complexe, un peu plus sophistiquée. Un bon agent de protection exécutif est quelqu'un qui utilise sa tête plus que ses muscles. Nous devons utiliser nos muscles bien sûr, mais nous utilisons principalement nos têtes. Nous nous concentrons sur la recherche, la collecte de renseignements, d'informations ; nous organisons la surveillance et la planification des travaux, nous évaluons la gravité des menaces, travaillons sur la résolution des problèmes en amont afin de ne pas avoir à réagir. Un bon agent de protection de direction sait où l'attaquant va frapper.

- Vraiment ?

- Oui vraiment. Les gardes du corps sont considérés comme réactifs, généralement après l'évènement. Ils se concentrent sur l'intervention musclée et sur les armes. Les agents de protection exécutifs sont proactifs et se concentrent sur la tête et l'ordinateur portable.

- Mais... vous avez une arme ?

- Bien sûr ! Nous devons avoir les deux ! Nous disons toujours : ne pas oublier son Glock, mais ne pas oublier non plus son ordi portable.

- Je vois !

Mandy s'inséra dans le trafic autoroutier.

- Souvent, si vous devez utiliser votre Glock, cela signifie que vous n'avez probablement pas très bien utilisé votre ordinateur portable.

- Hum... D'accord, donc, c'est offensant pour vous quand quelqu'un vous appelle garde du corps ?

Elle essaya à nouveau de sourire.

- Non, rien ne nous offense. Nous admettons que tout le monde ne connaisse pas la différence. Encore une fois, tout est interchangeable. Un titre n'est qu'un titre. Rien sur lequel nous nous appuyons vraiment. La personne et ses capacités sont plus importantes que le titre. Je connais de très bons gardes du corps à qui je ferais confiance, je l'ai déjà fait, et je reconnais des excuses à certains agents de protection exécutifs.

- Je l'ai ! Trevor fixait à nouveau son téléphone et envoya un SMS rapide.

- Dans chaque secteur industriel, il y a des nomenclatures et des noms pour chaque poste. Quelles seraient les équivalences dans l'industrie du design ?

- Je suppose que cela pourrait être comme la différence entre un directeur artistique et un directeur créatif ?

Mandy hocha la tête.

- Ça doit être ça : moi je ne vois pas la différence.

- Un directeur artistique a un rôle qui se concentre principalement sur l'esthétique. Un directeur de création est quelqu'un qui dirige la stratégie ou l'expression créative globale d'un projet.

- Alors, lequel êtes-vous ?

Trevor reposa à nouveau son téléphone.

- Je m'occupe du côté stratégique. Si je devais être classé dans une catégorie, je serais probablement davantage le directeur créatif. J'aime avoir les mains dans plusieurs projets. Cela conserve fraîcheur et inventivité.

Mandy avait choisi la voie centrale par habitude. Le trafic était fluide à cette heure de la journée. Soudain elle entendit un rugissement. C'était un moteur au son haut perché, un véhicule qui allait surement très vite. Dans le rétroviseur, elle vit une moto foncer sur eux. Aux commandes, une silhouette en combinaison noire, casque à la visière teintée. Elle eut cependant l'impression que le regard du conducteur se dirigeait vers leur voiture.

La moto se rapprochait dangereusement par la voie de gauche. Elle serait sur eux dans quelques secondes.

Elle commença à tourner légèrement le volant pour serrer plus à droite mais il y avait une voiture sur la voie d'à côté. Elle relâcha doucement la pédale d'accélérateur pour ralentir avant d'appuyer sur le frein. Elle avait déjà vécu une attaque de moto lors d'un cortège et elle ne souhaitait pas répéter cette expérience. La moto était presque sur eux. Le pilote n'avait rien entre les mains et n'avait pas de passager. C'était plutôt bon signe.

Une attaque à l'arme à feu ou un attentat suicide ? La tactique du pied au plancher ne fonctionnerait pas. Sa vitesse d'accélération était bien inférieure à celle de la moto. Deux options : freiner brutalement en essayant de maitriser sa trajectoire ou faire un écart quand la moto arriverait dans l'angle mort. Elle devait faire un choix, et rapidement. La moto exploserait du côté conducteur : ce serait un moindre mal pour son client, donc garder l'option. Elle serra les mains sur le volant, fléchit les coudes, prête à l'action. Le bruit du moteur hurlant derrière elle fit grimper son taux d'adrénaline.

La moto noire filait et... les dépassa en toute sécurité. Mandy prit une profonde inspiration puis expira lentement pour calmer ses nerfs. Elle sentit le sang circuler à nouveau dans ses poignets alors qu'elle gardait le contrôle total de la voiture. C'était juste un motard un peu cinglé, juste une banale moto. Elle n'était plus à Kaboul !... Se détendre. Elle jeta un nouveau coup d'œil dans ses rétroviseurs vérifia si un autre véhicule était suspect. Le premier n'était peut-être qu'un leurre, cachant une véritable attaque. Rien.

Trevor s'était redressé sur son siège.

- Waouh, vous avez vu ça ? La nouvelle Ducati Monster 797... La classe !

Mandy ralentit et changea de voie. Elle vérifia une dernière fois ses rétros. A présent elle avait repris une allure plus adaptée afin de pouvoir manœuvrer si quelque chose se produisait. Elle se détendit enfin et dirigea son attention sur son client. Trevor était toujours en train de tendre le cou à la recherche de la moto qui n'était plus qu'un point noir de plus en plus minuscule.

- Je me demande à quelle vitesse elle allait. Trevor se rassit. - J'aimerais posséder une de ces bombes, je suis fan de de vitesse, je me demande combien elle coûte.

Ce mec peut se payer une moto pareille ? Il doit être plutôt à l'aise côté finances !

- Je ne sais pas.

Mandy gardait les yeux sur la route, maintenant sa vigilance tout en restant polie, détendue et amicale. Ses sens étaient en éveil, guettant tout ce qui sortait de l'ordinaire. Elle adaptait sans cesse sa vitesse à celle des autres véhicules pour observer plus facilement leurs conducteurs. Elle pouvait se permettre de relâcher sur cette route.

- Je pense que je m'en offrirais une l'an prochain.

Trevor sortit une fois de plus son téléphone. Mandy était prête à parier qu'il recherchait la Ducati sur Google.

Ils partageaient une vision du monde totalement différente. Ils venaient simplement de se faire dépasser par une moto et pourtant leurs réactions n'auraient pas pu être plus opposées. Elle secoua la tête, se sourit intérieurement. Voilà bien deux représentations classiques de deux personnes différentes sur le détail de la protection. C'était juste une moto, mais elle y voyait tout de même une anomalie situationnelle et une menace potentielle pour son client. Elle avait pris des mesures, avait réagi, avait analysé près de quatre scénarios différents sur la façon dont la menace pourrait être atténuée. Le tout en deux secondes environ.

Trevor, en revanche, y voyait une simple représentation de la richesse et du luxe. Son esprit se tournait immédiatement vers l'argent ou la jalousie envers le propriétaire. En ce moment, Trevor semblait vouloir désespérément devenir pilote de moto. À tel point qu'il faisait maintenant des recherches sur Internet. C'était son nouveau jouet.

Trevor Wilson ne pouvait pas être plus différent. Mais une telle différence, c'était la première fois ! Certes, la plupart des clients étaient différents d'elle, ce qui lui procurait d'ailleurs une certaine sécurité d'emploi. La plupart des gens dans le monde ne voyaient pas le besoin de sécurité et ne croyaient pas que la violence pouvait s'abattre sur leur petite vie urbaine tranquille et sûre.

C'est ainsi : les gens sont comme ils sont. Elle avait vécu de multiples expériences qui l'avait rendue experte dans la protection contre la violence. Elle était compétente dans son travail. Trevor avait besoin de quelqu'un comme elle pour le protéger. Cependant, elle n'était pas douée en théorie du design : La propre entreprise de son patron avait embauché un pigiste pour concevoir son logo et son site Web. C'était drôle d'une certaine manière. Comment deux personnes qui vivaient à l'opposé avaient en réalité besoin l'une de l'autre dans une sorte de relation symbiotique. Le concepteur avait besoin de protection, L'entreprise de protection avait besoin du concepteur. Monde étrange.

- Possédez-vous une moto ?

Mandy se tourna Trevor qui fixait toujours son téléphone.

- Non, J'en ai toujours voulu une.

- Pour quoi faire ?

- Pour quoi faire ? Enfin...qu'est-ce qui est plus cool qu'une moto ?

Bon point ! Elle ne l'avait pas vu venir.

- À quelle vitesse pensez-vous qu'elle allait ?

- Je ne sais pas, probablement cent ou cent vingt.

Mandy gardait un œil sur la route et changea de voie.

- Vous n'êtes pas fan de moto hein ?

- Comment ? Mandy glissa un regard rapide vers

lui.

- Les motos ! vous ne semblez pas être impressionnée.

- Non, je ne le suis pas. Une moto ce n'est qu'une moto.

- Ouais, c'était simplement un truc bruyant, non ?

- Oui c'est ça. Mon esprit est juste pris par autre chose, c'est tout.

- Comme quoi ?

Mandy regarda par-dessus son épaule avant de changer de voie.

- Comme ne pas rater notre sortie pour être à l'heure à votre rendez-vous ! Elle s'engagea dans la rampe de sortie.

Chapitre 7

MARDI 7H15

Le premier rendez-vous de Trevor pour aujourd'hui était une réunion avec Frederick et Shelly Avado, la directrice financière, et quelques cadres de l'équipe. Ils se retrouvèrent dans la salle de conférence exécutive. Le mur extérieur était en verre, on accédait à l'intérieur par deux double portes massives. Au milieu de la salle, une table de conférence standard pouvait accueillir douze personnes. Elle était en plastique noir. Pas un seul bout de bois ou de faux bois à l'horizon.

Miss Avado était une grande femme aux cheveux teints en noir. Trevor semblait être l'un des plus jeunes, sinon le plus jeune cadre de l'équipe. Il avait l'air d'un ado à côté de ces cadres plus âgés. Frederick présenta Mandy à la directrice financière.

- Merci d'être là. Frederick se brossa la moustache d'un doigt et commença la réunion. - Shelly et moi en avons déjà parlé. Trevor, Nous aimerions que tu sois présent à la réunion de clôture de Skymore Design vendredi.

Le visage de Trevor s'éclaira.

- Fantastique ! Je serais là.

Mandy leva la main.

- Sommes-nous certains que c'est une bonne idée ?... Je veux dire, avec le niveau de menace et tout ce qui concerne la réunion du lendemain.

- Oh, je pense que ça va aller. Trevor se tourna vers elle. - Ce n'est pas comme si le PDG de Skymore Design y assistait en personne !

- C'est vrai. Mandy hocha la tête.

Frederick posa son regard sur le groupe pour s'assurer que personne d'autre n'avait d'objection ou de remarque à formuler.

- En plus, nous pensons que c'est vous, Trevor, qui devriez faire l'annonce officielle du rachat de Skymore Design lors de la réunion annuelle de samedi.

- Vraiment ? Ce serait un honneur.

- Nous aimerions que l'entreprise et les actionnaires vous voient davantage. Shelly Avado avait une voix nasillarde et un visage expressif. - Vous êtes l'un des plus jeunes de notre équipe. Sam et moi ne rajeunissons pas. Nous savons tous que vous avez un bel avenir dans cette société, nous aimerions vous placer un peu plus sur le devant de la scène. De plus en plus monde commence à vous voir comme l'un des principaux acteurs, et c'est très bien ainsi.

Trevor sourit.

- J'apprécie beaucoup et je vous remercie !

- On est donc d'accord, dit Frederick en se levant. Nous vous transmettrons tous les détails par l'intermédiaire de Gloria.

Chapitre 8

MARDI 7H46

- Bonjour Gloria.

Mandy s'assit sur la chaise d'appoint face à Gloria.

- Tiens, Mandy ! Comment ça va ?

Elle semblait bien guillerette à cette heure de la journée. En plus elle avait pris cette fausse belle voix.

- Bien, je me demandais juste si vous aviez une chance de me trouver l'emploi du temps de Trevor pour cette semaine. Ce fut l'utilisation de son prénom, Trevor, qui fit rougir Gloria car elle l'appelait toujours M. Wilson. Mandy la sentit un peu jalouse. Elle prit mentalement note de l'appeler M. Wilson en présence de la secrétaire. Déjà qu'elle avait du mal à communiquer avec cette assistante qui pensait être la meilleure du monde. - Il m'a parlé d'une réunion importante en ville cet après-midi avec M. Kostas, je veux m'assurer de connaître l'adresse.

- Oh, je pensais vous avoir déjà envoyé tout ça ! Gloria se retourna vers son ordinateur. C'était clairement une fausse excuse. Mandy n'était pas née de la dernière pluie et n'avait pas gagné son rang à la CIA dans une pochette surprise. Elle savait reconnaitre au ton de la voix si le discours était sincère. Mandy ne releva pas : inutile de faire monter la tension.

- Euh, je ne pense pas. Peut-être qu'il est simplement bloqué dans ma boîte mail.

Mandy fit semblant de le chercher, tripotant les touches sur son téléphone.

- Je sais que cette semaine est assez chargée pour Trevor.

On aurait dit que Gloria s'était forcée à le nommer par son prénom. C'était d'une évidence ! Elle essayait clairement de rivaliser avec Mandy sur leur proximité avec Trevor. - Ah, voilà, c'est ici. Aujourd'hui, il a M. Kostas chez Henco Inc. à trois heures. Demain, il a M. Neeman à neuf heures le matin et M. et Mme Penman à huit heures le soir. Jeudi, il a une réunion commerciale avec le conseil d'administration de Santin et une rencontre avec M. D'Oria à 14 heures.

Mandy ne comprenait pas pourquoi Gloria lui lisait tout cela. Ce n'était même pas une liste complète. Elle n'avait pas évoqué l'heure de la rencontre avec le conseil d'administration de Santin. Mandy se demandait si Gloria était assez intelligente pour le faire exprès ou assez stupide pour commettre tant d'erreurs. Elle avait simplement besoin d'un document pour pouvoir le consulter. Elle n'arriverait pas à gagner la confiance de Gloria.

- Et puis il y a la réunion Skymore vendredi, enchaîna Mandy.

Gloria se tourna vers elle, l'air surprise. Merde ! Elle n'était probablement pas censée dire ça. Gloria n'était sans doute pas encore au courant puisque Frederick venait tout juste de l'annoncer.

Gloria fronçait les sourcils. Elle semblait offensée que Mandy sache quelque chose sur Trevor avant elle. Une entreprise ne manquait jamais d'avoir sa part de drame dans un bureau. Mandy aurait juré que ces gens coincés dans des cabines toute la journée n'avaient rien de vraiment important dans leur vie, alors ils avaient créé des politiques de bureau. Quelle perte de temps ! Gloria retourna enfin à son écran.

- Voilà. Je viens de l'envoyer.

Le téléphone de Mandy vibra.

- Je l'ai. Merci, Gloria. Mandy se leva pour sortir.

- Pas de soucis, faites-moi savoir si vous avez besoin d'autre chose.

- En ce qui concerne les horaires de M. Wilson, veuillez simplement m'alerter sur les modifications que vous recevez. Ce serait très utile.

- Aucun problème !

Gloria sourit. Mandy s'éloigna et retourna à son poste de travail temporaire : une cabine dans le coin était vide, elle l'avait choisie comme bureau. D'ici, elle pouvait surveiller les ascenseurs et avait une bonne vue sur le bureau de Trevor. Cela lui permettait de le protéger d'une menace, mais aussi de le surveiller, des fois qu'il s'aviserait de sortir sans elle, en douce.

Elle plaça son téléphone à côté de son bloc-notes ouvert. Elle voulait recopier l'itinéraire sur papier au cas où les serveurs de H et K décideraient de supprimer son e-mail ou si son téléphone lâchait. On lui avait appris à toujours utiliser du papier. Le papier ne manquait jamais de piles et il était plus difficile à détecter que l'acier. Tout pouvait être volé sur Internet, en particulier à l'intérieur d'une entreprise.

Elle attrapa un stylo et recopia le texte sur son bloc-notes.

Mardi :

- M. Frederick. 07:30. Bureau.
- M. Kostas. 15:00. Bureau Henco.

Mercredi :

- M. Neeman. 09:00. Bureau SBG.
- M. et Mme Penman. 20:00. Le vin.

Jeudi :

- Conseil Santin. 10:00. Bureau Santin.
- M. D'Oria. 14:30. Marker et Keller Office.

Elle rajouta.

Vendredi :

- Skymore. À déterminer.

Samedi :

•Réunion annuelle. 08:00. Mancald Center.

Voilà exactement ce qu'elle savait. Il y avait une forte probabilité que Trevor ait à son programme d'autres réunions dont Gloria n'était pas au courant. Puisqu'il semblait survoler allégrement toutes ces réunions, tous ces déplacements, quel était son véritable objectif ? Elle n'avait pas le début d'une réponse... Tant pis.

Elle fit quelques recherches sur Google pour trouver les adresses des différents bureaux. Le temps estimé qu'il faudrait pour les conduire de l'un à l'autre était considérable.

La mission suivante était de découvrir la nature et le pourquoi de ces réunions et de s'assurer que Trevor était paré pour chacune d'entre elles. Et vérifier si elle pouvait obtenir un report ou une annulation de l'une ou l'autre pour alléger un peu sa semaine. Il était certainement plus en sécurité ici dans son entreprise déjà hautement sécurisée plutôt qu'à traverser sans cesse la ville pour se rendre d'un point à un autre.

Mandy se dirigea vers le bureau de Trevor et frappa à porte.

- Oui. Trevor leva les yeux.

- Avez-vous une seconde pour discuter de votre emploi du temps cette semaine ?

- Oui bien sûr. Quoi de neuf ?

- Eh bien, j'ai obtenu le détail par Gloria. On dirait que nous allons rencontrer M. Kostas cet après-midi à trois heures. La réunion avec le Conseil d'Administration de Santin jeudi. C'est à Manhattan, donc nous devrons probablement prendre un taxi.

- Oui, c'est bon.

Mandy fit une pause. Trevor n'était manifestement pas intéressé par ses propos.

- Eh bien, étudions les autres réunions.

- Il n'y en a pas d'autre, c'est la dernière pour aujourd'hui.

- Je parle du reste de la semaine.

Trevor fit glisser sa chaise loin du bureau.

- Mandy, nous n'avons pas à planifier toute la semaine pour le moment.

- Je voulais juste m'assurer d'avoir tous les éléments. Gloria n'était pas au courant de la réunion de vendredi.

Trevor eut une expression agacée.

- Je suis à peu près sûr que la liste est complète.

Mandy changea de tactique.

- Avec une semaine si chargée, je me demandais s'il n'y avait pas une de ces réunions que vous seriez en mesure d'annuler ou de reporter ?

Cela le surprit. Son œil s'écarquilla.

- Pourquoi devrais-je le faire ?

- Eh bien, vous êtes certainement plus en sécurité ici au bureau qu'à l'extérieur.

- Ecoutez, Mandy, je sais que vous essayez juste d'aider, mais je ne peux pas stopper toute vie professionnelle juste à cause de ce voyou... Je n'ai pas peur de lui.

- Je sais... ce n'est pas ça...c'est juste. . .

- Ma réponse sera brève : aucun de ces rendez-vous ne peut être annulé ou reporté. Ils concernent tous des clients importants avec lesquels j'essaie de nouer des relations depuis des mois. Ce n'est pas comme si nous nous réunissions simplement pour boire un thé ou quelque chose comme ça.

Sa voix montait progressivement. Ce n'était peut-être pas le meilleur moment pour le raisonner.

- Je suis désolée, je ne veux pas tout chambouler, Je voulais juste vous proposer quelques aménagements.

- Je vous ai donné la marge de manœuvre dont vous aviez besoin. Maintenant, pour vous satisfaire je travaille dans un l'hôtel et me déplace avec vous en voiture de location. En matière de sécurité, vous êtes aux commandes, c'est vous le patron. Mais en ce qui concerne mon travail et mon emploi du temps, c'est moi qui commande, c'est moi le patron. Si je dois me déplacer pour rencontrer un client, je le ferai. J'ai besoin de pouvoir faire mon travail. Votre travail est de me protéger pendant que je fais le mien.

Il n'aurait pas pu être plus clair.

- Oui. Je comprends.

Elle avait besoin qu'il comprenne qu'elle n'était pas là pour lui compliquer la vie. Il serait inutile de lui renvoyer à la figure sa propre phrase. « C'est vous le patron ». Elle n'avait rien à ajouter, elle quitta la pièce.

Chapitre 9

MARDI 13H54

Trevor consulta son téléphone. Il était 13h54. Mandy lui avait dit un peu plus tôt qu'ils partiraient à 14 heures. Elle était très à cheval sur les horaires. Elle entrerait probablement dans son bureau dans quelques secondes. On toqua à la porte : c'était elle.

- Presque 14h00. Je suis prête dès que vous l'êtes. Je serai dans le hall.

Elle sourit et se détourna. Six minutes plus tôt, elle était calme et sereine, mais elle allait très vite devenir agaçante si elle ne se détendait pas un peu.

Il pensa un instant à la faire attendre juste pour l'agacer, mais y renonça. Il ne voulait pas paraitre grossier. Il ferma son ordinateur portable et attrapa sa veste en sortant. Il passa devant le bureau de Gloria. Elle lui tendit en souriant la dernière édition du magazine Pro Surfing. Parfait, Il pourrait le lire sur le trajet. Il adorait surfer mais ne pratiquait que pendant les congés. Il n'en avait pas pris depuis un moment. Peut-être qu'avoir un chauffeur ne serait pas si mal après tout. Peut-être que la lecture du magazine découragerait Mandy de lui parler.

Il la retrouva près de l'ascenseur. Mandy avait une allure très professionnelle. Étrange qu'elle ait toujours un bloc-notes partout où elle allait. Il se demanda s'il lui arrivait de prendre des notes sur son téléphone. Pourquoi sur papier ? Peut-être qu'il devrait lui acheter un IPad si elle devait être vue en sa compagnie lors des réunions avec les clients.

Ils traversèrent le hall mais au lieu de se diriger vers la porte du parking, elle le conduisit de l'autre côté du bâtiment.

- Où allons-nous ?

- Au garage.

Trevor se retourna vers l'entrée du garage, dont ils s'éloignaient.

- Pourquoi par ce chemin ? Il nous y emmènera mais c'est beaucoup plus long !

- Je sais ce que je fais.

- Alors, pourquoi prenons-nous le chemin le plus long ?

- Parce que c'est plus sûr, voilà pourquoi.

- Comment savez-vous que c'est plus sûr ?

Mandy arriva à l'intersection en T et regarda dans les deux sens avant de tourner à l'angle.

- Il faut briser les habitudes. Nous sommes tous des créatures soumises aux habitudes : nous prenons toujours la même rue pour nous rendre au travail, nous entrons toujours par la même porte, nous sortons par cette même porte, nous nous brossons les dents toujours de la même main.

- Alors, vous me dites que je serais plus en sécurité si je me brossais parfois les dents avec ma main gauche ?

- Non. Je dis que vous seriez plus en sécurité si vous évitiez la routine. Le type qui vous a attaqué l'autre soir devait connaître vos habitudes. Il savait comment vous trouver, savait où vous travailliez et où vous vous gariez.

D'accord, elle devenait trop sécuritaire. Pensait-elle vraiment que ce type allait l'attaquer à nouveau ?

- Vraiment ?

- Oui, quoi ?

- Vous ne pensez pas que c'est un peu exagéré ?

- Non, c'est juste un protocole standard.

Il grimaça. Protocole standard ? Elle avait l'air de sortir d'une chaîne de montage.

- Alors, c'est pour ça que vous vous garez dans un endroit différent à chaque fois. J'ai compris. Vous êtes très intelligente. Sa voix était légèrement ironique, il espérait que cela pourrait l'aider à se détendre.

- Mon travail consiste à prendre des précautions. Surtout, dans et autour des voitures.

Ils tournèrent dans un long couloir qui donnait sur une porte. Trevor ne pensait pas avoir jamais été dans ce couloir.

- Pourquoi autour des voitures ?

- Un nombre statistiquement élevé d'attaques ont lieu dans et autour des véhicules. Nous passons beaucoup de temps à monter et à descendre de voitures. C'est un goulet d'étranglement.

Elle utilisait à nouveau des mots qui n'avaient aucun sens pour lui.

- Je vais avoir besoin d'un traducteur pour cette fois-ci, Un goulet d'étranglement !... Ou en parler avec la CIA.

Il s'était assuré que sa voix avait l'air humoristique maintenant afin de ne pas passer pour le goujat de service.

Mandy se mit à rire.

- Oui. Désolée. Un goulet d'étranglement désigne un endroit stratégique où votre proie va passer.

- D'accord, cela ne m'aide toujours pas beaucoup. Un exemple ?

- Eh bien, prenons ce type qui vous a attaqué l'autre soir, il savait où vous vous gariez habituellement, n'est-ce pas ?

- Probablement.

Elle ouvrit la porte qui les mena dans un autre couloir. Celui-ci avait un sol en béton brut et ressemblait à un ancien hall de maintenance. Ça sentait le renfermé.

- Voilà, maintenant, nous avons ajouté un itinéraire supplémentaire dans la liste des endroits à surveiller pour l'accès du garage.

Sa voix résonnait sur les murs de béton.

- Je suis donc convaincue que notre parking est un peu plus sûr qu'auparavant. Mais rien n'est jamais totalement sûr. La vie n'est pas sans risque. Donc, on peut supposer que le méchant sait où vous vous garez et disons qu'il sait aussi que vous devez rencontrer M. Kostas au bureau de Henco.

- D'accord.

- Eh bien, stratégiquement parlant, les deux goulets d'étranglement sont ce parking et le parking du bureau Henco. N'importe où entre ces deux points est beaucoup plus sûr pour nous. S'il nous suit, il sera plus facile de le perdre dans le trafic. Mais s'il sait où nous allons, il doit simplement nous attendre au prochain goulet d'étranglement.

Maintenant, cela prenait du sens

- C'est pourquoi nous devons faire très attention à ces goulets d'étranglement. Ils se trouvent souvent à proximité des voitures. Surtout quand on y entre ou quand on en sort. Entrer et sortir d'une voiture est également dangereux car à ces moments, nous sommes préoccupés par l'endroit où nous allons. Nous recherchons souvent des clés ou vérifions l'adresse sur nos téléphones...et tout ce genre de choses.

- Je vois. Vous pensez vraiment à tout.

- Elle poussa la porte de sortie de secours qui menait à une cage d'escalier. Elle s'ouvrait sur l'arrière du parking. Ils n'étaient qu'à quelques pas de leur voiture. C'est pour cela que ce matin elle s'était garée si loin de l'entrée principale. Cette porte était juste à côté de la voiture.

Chapitre 10

Mandy tourna sur la 5e Avenue tandis que Trevor commençait à parcourir le magazine de surf qu'il avait rapporté du bureau. Il avait l'air détendu. Il ne ressemblait pas à un homme dont la vie était menacée depuis quelques jours et jusqu'à la réunion annuelle.

- Passerez-vous vraiment la semaine de manière aussi détendue ? demanda Mandy.

- Il n'y a pas d'autre moyen de faire.

- J'admire votre flegme. Mais alors, comment planifiez-vous votre semaine ?

Trevor laissa échapper un petit rire.

- Je ne prévois pas. Je travaille juste.

Il avait dit cela comme s'il en était fier.

- Vous ne planifiez rien ?

Mandy hocha la tête pour se moquer de lui, et reprit :

- Vous ne savez donc pas à quelle heure vous vous réveillez le matin, vous vous fichez d'arriver au travail à l'heure, vous ne planifiez pas vos réunions pour la journée, vous ne prévoyez pas le déjeuner ?

Elle voulait lui faire sentir à quel point c'était évident.

- Non, je n'aime pas me sentir prisonnier, vous saisissez ?

Mandy resta silencieuse. Elle ne s'attendait pas à cela. Il n'essayait pas de l'impressionner. Il s'était juste remis à lire son magazine de surf. Elle l'étudia encore une seconde, essayant de deviner ce qui se passait dans ce cerveau caché sous tous ces beaux cheveux. Il semblait honnête.

- Que voulez-vous dire par non ? Non, vous n'aviez pas l'intention de vous rendre au travail à l'heure le matin ?

- Nan.

- Mais c'est idiot ! Et si vous arrivez en retard ?

- En retard pour quoi ?

Il n'avait toujours pas pris la peine de détourner le regard du magazine.

- Pour le travail ?... Si vous êtes en retard ?

Il leva enfin les yeux et parut un peu perplexe.

- J'arrive au travail quand j'arrive au travail. Personne ne me fixe mes horaires. Je suis responsable du développement stratégique. Sam ne me fait pas pointer sur une horloge. Je suis salarié. Ce n'est pas comme si je travaillais à temps partiel chez Barnyard Burger. Et croyez-moi, si quelqu'un a une question sur le nombre d'heures que j'ai travaillées, il peut passer la journée avec moi et voir par lui-même. Je parie qu'ils n'ont pas réussi à me suivre pendant une semaine. Je suis généralement l'un des premiers arrivés au bureau tous les matins et je suis toujours le dernier à partir.

Il paraissait si juste dans cette petite diatribe. Il défendait sincèrement ses convictions sur l'organisation de son travail. Trevor Wilson était un ouvrier de classe A. Il ne savait probablement pas comment s'arrêter de travailler. C'est toujours la même histoire : l'homme devient accro au travail, la femme et les enfants ne voient jamais l'homme à la maison, l'homme passe trop de temps avec la belle secrétaire... Un an ou deux passent. La femme ne voit toujours pas l'homme. S'ensuivent disputes, divorce. L'histoire se répète.

Ces propos indiquaient que quelque chose avait abîmer sa virilité, quelque chose comme sa façon d'appréhender son travail.il semblait être continuellement sur la défensive et se réfugiait en travaillant toujours plus. Merde, c'était sans doute un athlète de compétition à l'école, et aussi à l'université. Il était probablement président de toutes les activités extrascolaires qu'un enfant pouvait pratiquer. Mandy n'avait même pas fait allusion au fait qu'elle remettait en question le nombre d'heures travaillées par semaine, mais il l'avait conduit sur ce terrain. A présent, les choses étaient plus claires. Finalement elle avait fait une bonne lecture du cas Trevor Wilson. Sa vie professionnelle était directement liée à son ego masculin. Défiez-le et vous mourrez.

Le problème de Mandy c'est qu'elle-même s'était mariée à quelqu'un d'exactement comme lui. Elle avait survécu en défiant cet ego. Elle s'était armée dans ce domaine.

Elle se rappela de ne pas trop vite dire ce qui lui venaient à l'esprit.

- Et pour le dîner ce soir ?

- Le dîner ?

- Oui, quand voulez-vous dîner aujourd'hui ?

Sa tête sortit à nouveau du magazine, mais seulement un court instant. Mandy comprenait que c'était la un signal physique, qu'il devait réfléchir à une réponse.

- Je m'en fiche. Je mangerai quand je mangerai. Aucune raison de s'inquiéter à ce sujet maintenant.

S'inquiéter ? Oh non ! Il faisait simplement partie de ce type de personne qui pense que toute préparation mentale ou planification est engendrée par la peur. Elle évacua rapidement les quelques réflexions immédiates qui lui vinrent à l'esprit.

Son téléphone sonna. Elle jeta un rapide coup d'œil vers son passager, au cas où il serait sur le net. C'était Gloria, quelque chose à propos de la réunion annuelle de samedi.

- Et pour le déjeuner jeudi ?

- Jeudi ? Quoi jeudi ? C'est dans deux jours.

- Nous devons rencontrer le conseil d'administration de Santin à 10h00, au bureau de Santin. Ensuite, vous devez retrouver M. D'Oria chez lui à 14h30. Nous n'aurons pas le temps de revenir au bureau. Donc, nous devrons probablement nous arrêter et grignoter quelque chose en chemin.

- Non, nous aurons le temps de retourner au bureau. J'irai juste manger à la cafétéria.

- Je ne pense pas que nous aurons le de temps.

Il tourna la page suivante de son magazine.

- Monsieur D'Oria a appelé et a repoussé l'heure de la réunion à 17h00. Donc, il nous restera beaucoup de temps. Changement d'horaire. Cela arrive.

- Oh, quand a-t-il appelé ?

- Je ne sais pas. Gloria m'a envoyé un e-mail à ce sujet à l'instant.

Mandy déglutit. Gloria était censée exécuter tous les changements d'horaire par son intermédiaire. Pourquoi ne l'a-t-elle pas au moins contactée par mail ? Gloria allait devenir un problème. Peut-être que Mandy donnerait alors à Gloria de faux horaires de réunion juste pour garder le véritable emploi du temps de Trevor en sécurité et hors de ses mains.

- Et vos réunions programmées ? Comment les programmez-vous ?

- Je ne...

- Que voulez-vous dire ? J'ai votre emploi du temps ici. Elle pointa son téléphone.

Trevor sourit et renversa la tête en arrière.

- Ah oui, mon emploi du temps. Il fit des moulinets avec ses doigts. - Gloria s'en occupe, Elle m'indique simplement où je dois me rendre.

- Et si vous êtes en retard ?

Il haussa les épaules. - Ça arrive.

- Pas étonnant que nous soyons partis tard. Vous réalisez que j'enfreins environ cinquante pour cent des règles du code de la route en ce moment, juste pour vous que vous arriviez à l'heure à votre réunion ?

- Je n'ai pas remarqué. Saviez-vous que Laird Hamilton a maintenant une marque de café à base de champignons Maitake et Reishi ? C'est dingue non ?

Mandy le regarda avec incrédulité. C'était comme essayer de converser avec un enfant de six ans. Son esprit était partout à la fois. Elle se demanda s'il n'allait pas ouvrir la portière et sauter de la voiture en marche. Il était comme un écureuil qui court de branche en branche sur un arbre. Elle ignora la déclaration sur le café.

- Finalement, peu importe que vous arriviez en retard à la réunion de M. Kostas.

- Nan ! Il laissa tomber son magazine et se mit à taper sur son téléphone.

L'idée que quelqu'un, un adulte était si égoïste au point d'être insensible aux autres, qui ne se souciait pas de les faire attendre la frustrait. Et le fait que cette personne était dans son véhicule et que c'était le client de Mandy Hunter l'exaspérait. Elle calma sa respiration pour faire diminuer son rythme cardiaque. Ses doigts se détendirent sur le volant.

- Donc, ce n'est pas un souci pour vous si vous faites attendre une autre personne ? C'est comme si votre temps était plus précieux que le sien ?

Elle ne reçut aucune réponse. Il continuait à taper. Elle n'arrêtait pas de le regarder, attendant de voir combien de temps il lui faudrait pour réaliser que le silence gênant dans leur conversation était dû au fait qu'il ne répondait pas. Alors qu'il continuait à taper, elle commença à se demander s'il s'agissait réellement d'une conversation. Il appuya sur une dernière touche et leva enfin les yeux.

- Je suis désolé, qu'est-ce que c'était ?

Elle lui lança un nouveau regard.

- Vraiment ? Vous n'avez pas entendu ma question. Laissez-moi deviner : je parie que vous étiez trop occupé à lire au milieu de notre conversation pour simplement m'écouter, au moins par politesse. Ses paroles étaient sarcastiques à présent.

- Non, non, non : je viens de commander une caisse de ce café. Son site Web est très bien.

Il tendit son téléphone comme si elle était intéressée.

Je devrais être livré d'ici vendredi. Je suis désolé. Je n'ai pas entendu votre question.

- Je disais : il semble que vous pensez que votre temps est plus précieux que celui de M. Kostas puisque cela ne vous gêne pas de le faire attendre.

- Mon temps est plus précieux.

Il se plongea à nouveau dans son magazine. Et reprit :

- Mon temps, c'est le mien. Si Kostas est trop blessé parce que j'ai quelques minutes de retard, qu'il aille voir ailleurs…sinon, j'ai une offre à vous proposer : si on arrive à temps, je vous verse l'intégralité de mon salaire du mois.

Son salaire mensuel était probablement supérieur à ce qu'elle gagnait en un an. Sans parler de la pension alimentaire des enfants.

- Dois-je vous prendre au mot ?

- Oui.

Très bien, j'espère qu'il n'est pas du genre serré des fesses. Je peux même me permettre de conduire plus lentement maintenant. Pour la première fois, il se passait quelque chose depuis qu'ils avaient commencé à se parler... Il sourit et laissa échapper une petite bouffée de rire. Il aimait apparemment les petites taquineries. C'était une première réponse humaine depuis son commentaire. En fait, Il lui répondait. Ce détail montrait chez lui un signe d'approbation à sa tentative d'humour et le faisait paraître séduisant d'une certaine manière... et assez mignon.

Doucement ! Son cerveau n'avait-il pas soudainement déconnecté tout à l'heure ? Elle l'avait bien entendu dire que son temps était plus précieux que celui des autres et qu'il ne se souciait pas de faire attendre les gens. C'était quand même le trait le plus immature et le plus égoïste que l'on puisse montrer. Il fallait le concéder : ce type était un vrai casse-tête.

Chapitre 11

MERCREDI 8h29

La réunion de la veille avec Kostas s'était étonnamment bien déroulée. Trevor s'était entendu avec Henco qui finit par accepter le prix de l'offre pour leur projet de rebranding. Ils avaient repoussé l'offre et le prix dans un premier temps, mais Trevor avait réussi à les convaincre en jouant sur la valeur que H et K apportaient à la table. Les mails et les appels téléphoniques ne pouvaient pas grand-chose. Lorsqu'il s'agissait de conclure un accord en béton, seule une conversation en face à face permettait de finaliser la transaction.

M. Kostas et Henco étaient un élément important qu'il pouvait rayer de sa liste de choses à faire cette semaine. Il avait également réussi à rester en vie un jour de plus, ce n'était donc que du bonus. Trevor attribua cette réussite en partie à Mandy. Elle était efficace dans son travail, c'était sûr. Si elle prenait sa fonction de garde du corps aussi sérieusement qu'elle gérait ses horaires de réunion, il serait en sécurité.

Il n'aimait pas arriver si tôt pour les rendez-vous. Mandy avait insisté pour qu'ils partent de bonne heure au cas où ils auraient un imprévu : pneu crevé ou quelque chose du genre. Son expertise en conduite les avait amenés au bureau du SBG trente minutes plus tôt.

Qu'allaient-ils faire pendant une demi-heure ? Il détestait attendre dans les halls. Il se dit qu'il pouvait en profiter pour consulter sa boîte mail. Ils s'éloignèrent de la réception et Trevor chercha une chaise.

-Trevor ! Tellement content que tu sois là.

Trevor se retourna et fut surpris de voir M. Neeman marcher vers lui dans le couloir.

- Bonjour, Monsieur Neeman. Ils se serrèrent la main.

- Oh, je suis désolé de vous avoir posé un lapin, mais nous avons eu une situation urgente à gérer.

Neeman était grand, une calvitie naissante, quelques cheveux gris. Il avait plus l'âge de Frederick que le sien. Trevor avait eu du mal à établir des relations avec lui lors de réunions précédentes, alors il espérait que tout se passerait bien aujourd'hui.

- Je dois annuler notre réunion, continua Neeman. Je viens d'appeler pour demander à Janice de vous prévenir. Mais je vois que vous êtes déjà là, Pouvons-nous en profiter pour discuter maintenant ?

- Absolument.

C'était plutôt chanceux. Il jeta un coup d'œil à Mandy, lui sourit, sachant que c'était elle qui l'avait amené ici si tôt.

- Avez-vous apporté les échantillons du nouveau logo ? demanda M. Neeman.

Zut. Il avait oublié. Au milieu de cette folle semaine, il avait oublié ça. Il songea qu'il pourrait peut-être se les faire envoyer par e-mail, demander à Gloria.

- Oh, je euh. . .

- Je les ai ici.

Mandy était intervenue, elle sortit un dossier de son cahier et le tendit à Monsieur Neeman.

- Oh merci.

Mandy se tourna vers Trevor.

- Je les ai obtenus de Gloria. Elle lui fit un clin d'œil. Nous voulions apporter des copies papier au cas où vous en auriez besoin.

M. Neeman cherchait dans le dossier ouvert.

- Oui. C'est bien, cela nous fera gagner du temps.

Il referma le dossier et leur fit signe de franchir la porte la plus proche.

- Allez, nous allons simplement utiliser cette salle de conférence ici. Il fit signe à Trevor et à Mandy de le suivre. Il pensait probablement que Mandy faisait partie du projet de conception.

- Non, ça ira, dit Mandy. Je suis juste. . .

- C'est absurde, c'est vous qui avez les copies, suivez-nous.

Neeman pénétra à l'intérieur avant qu'ils ne

puissent dire quoi que ce soit d'autre. Mandy regarda Trevor avec un air surpris. Elle attendait qu'il lui dise quoi faire.

Trevor secoua la tête.

- Entrez. Vous êtes mon assistante, souvenez-vous.

 Il lui tint la porte.

- D'accord, vous êtes le patron.

Elle était intervenue avec le sourire. Et fit un de ces petits roulements d'épaule que les filles font parfois. C'était mignon et plutôt grâcieux. Elle semblait excitée d'être autorisée à participer à une réunion importante.

Ils s'assirent et Neeman se mit au travail. Heureusement que Mandy avait sauvé la partie : non seulement en les amenant plus tôt, mais en apportant également des copies papier des échantillons de logo. Neeman plaça les trois logos sur la table. C'étaient toutes des versions du nouveau logo SBG. Trevor avait inventé le premier tout seul mais les deux autres avaient été réalisés par d'autres designers du projet. Neeman avait demandé que le nouveau logo soit moderne, minimaliste, corporatif, professionnel. Quelque chose qui les distinguerait dans le panel de concurrents.

Les trois échantillons présentés devant eux étaient plutôt bons, pensa-t-il. Il se leva pour étudier les trois propositions.

Il sortit son téléphone portable et composa un numéro.

- Brian. Ouais. Descendez à la salle 102. Trevor de H and K est là avec les nouveaux logos. Venez et jetez un œil... D'accord merci.

Il posa son téléphone et se remit à étudier les trois versions. Il fit glisser celui du milieu puis hocha la tête. Il le retourna puis le remit dans le dossier.

- Donc...entre ces deux-là. Qu'en pensez-vous, Trevor ?

- Bon, vous me connaissez... Je les aime tous les trois. Celui-ci ici, est très élégant et sobre. L'équipe s'est inspirée de votre bâtiment d'origine sur la septième avenue.

- Sans blague ? D'accord, je le vois. Neeman sourit. - Et vous, madame ? Il se tourna vers Mandy.

Mandy regarda Trevor presque à demander la permission avec ses yeux. Trevor hocha la tête. Dites simplement quelque chose pour qu'il n'ait pas à attendre comprit-elle.

Venez par ici et regardez attentivement.

Neeman lui fit signe de venir à ses côtés devant la table.

- Ils me disent tous que je suis trop vieux et que je ne vois plus très bien. J'ai besoin d'aide pour ce type de décisions.

Mandy laissa échapper le rire le plus authentique et le plus féminin qu'il ait entendu. Rire alors que son interlocuteur évoquait ses propres faiblesses ? les épaules de M. Neeman se détendirent, évacuant le peu de tension qui restait dans la pièce. Elle lui fit un de ces petits gestes féminins pour lui faire signe de ne pas lui en tenir rigueur et elle continua à rire.

Neeman se sentait maintenant deux fois plus grand. Cette fille était surprenante, ce n'était pas pour lui déplaire.

- C'est vous qui avez conçu celui-là ?

Il pensait que Mandy était l'un des designers.

- Oh, non, c'est quelqu'un d'autre dans l'équipe. Ils ont cependant fait un excellent travail.

Elle se leva et fit le tour de la table comme si elle connaissait les logos. - Je pense qu'ils sont tous les deux expressifs et conviennent parfaitement à SBG. Je suis convaincue que notre équipe a proposé des designs brillants. La partie serait un peu biaisée si je vous disais lequel était mon préféré.

- Non, continuez. Neeman recula. - Je les aime tous les deux et je ne peux pas décider. Lequel préférez-vous ?

Il attendait une réponse franche, directe. Il ne plaisantait pas. Mandy avait déjà compris cela n'était pas discutable. Bien. Mandy se pencha.

- Pour être parfaitement honnête, je préfère celui-ci.

Elle désigna celui en argent sur la gauche. C'était celui que Trevor avait créé.

La porte s'ouvrit. Brian Marianelli entra. Il était l'un des vice-présidents de Neeman.

-Brian, entre. Brian, voici Trevor Wilson de H and K et c'est... euh... Il hésita et réalisa qu'il ne connaissait pas le nom de Mandy.

- Je suis Mandy.

Elle tendit la main pour serrer celle de Brian.

- Jette un œil, qu'en penses-tu ?

- Ces deux-là ont l'air vraiment super.

Alors que les deux cadres du SBG regardaient de plus près les imprimés, Trevor vola un coup d'œil à Mandy. Elle le fixait. Son sourire était différent. Elle était intervenue et avait parlé spontanément. Elle jouait parfaitement le rôle. Il était impressionné. Y avait-il quelque chose que cette femme ne pouvait pas faire ? Elle avait navigué dans cette petite interaction rapide comme une pro. Elle avait construit une relation si vite qu'il se demandait si elle n'avait pas été vendeuse dans une autre vie. Elle avait parlé seulement quand c'était nécessaire, mais n'avait jamais menti ni ne s'était mise en travers du chemin de Trevor. Ses cheveux étaient tirés en arrière aujourd'hui. Ses yeux sombres ressortaient. Son sourire sincère sur son visage déjà joli la rendait absolument magnifique.

- J'aime celui-là.

Brian Marianelli avait également montré celui de gauche.

Neeman frappa dans ses mains.

- C'est décidé. Nous avons tout ce qu'il nous faut.

Il regarda Trevor et lui tendit la main.

- Trevor ?... Vendu ! Nous vous embauchons pour le projet. Nous prendrons le paquet de cinq cents... Je sais que 9a en vaut la peine.

Trevor serra la main pour conclure l'affaire. Le pack cinq cents était leur offre la plus élevée. Il était surpris que Neeman ait pris celui-là.

- Génial. Je vous remercie. Je vais demander à Gloria d'envoyer les documents et nous passerons à l'étape suivante.

Neeman regroupa les échantillons. Tout le monde fit ses adieux et sortit. Trevor tenait la porte à Mandy alors qu'ils quittaient la salle.

- Après vous, Miss Expert Design Professional. Il avait remis du sarcasme dans le ton.

Elle lui fit un nouveau sourire sincère en passant la porte.

- Je suis une femme. Je suis donc une experte en design par nature.

Chapitre 12

MERCREDI 19H48

Le restaurant Vine était un endroit branché dans la région. Trevor avait toujours emmené ses invités ici. L'intérieur était sombre, il régnait comme une atmosphère de métro parfaite. Trevor continua d'avancer et commença à tendre la main vers la chaise contre le mur. Mandy intervint pour l'attraper en premier.

-Désolée. Elle sourit. - J'ai besoin de m'asseoir ici.

Trevor regarda autour de lui.

- D'accord. C'est très bien. Allons y. Ils prirent place. - Juste par curiosité, pourquoi avez-vous besoin de vous asseoir sur cette chaise en particulier ?

Le portable de Mandy sonna. C'était Rob. Aïe. Qu'est-ce que c'était ? Elle ne voulait pas lui parler, mais c'était peut-être à propos des garçons.

- Bonjour.

- Hé maman ! A l'autre bout de la ligne, c'était Troy. Sa petite voix au téléphone était si mignonne. - Quand est-ce que tu rentres à la maison ?

- Je te verrai dimanche, d'accord ? C'est trois nuits de dodo à partir de maintenant.

- C'est long.

- Je sais chéri. Je t'aime. Sois bien sage en attendant, d'accord ?

- D'accord.

- Tu prends soin de ton frère ?

- Oui.

- C'est bien. Écoute, je ne peux pas te parler maintenant, je rappellerai ce soir pour vous souhaiter à tous les deux une bonne nuit, d'accord ? Je t'aime.

- Je t'aime maman.

Elle raccrocha et se tourna vers Trevor.

- Ne me faites pas oublier de rappeler mes enfants à l'heure du coucher. Si j'oublie, ils ne me pardonneront jamais.

Trevor sourit.

- Aucun problème.

- Ah oui... c'est pour que je puisse surveiller la porte. Mandy recula sa chaise. - Je n'aime pas avoir le dos exposé.

- Quoi ?

- Vous m'avez demandé pourquoi je voulais m'asseoir ici.

Trevor s'assit et regarda par-dessus son épaule la porte qu'ils venaient de franchir.

- Votre dos exposé ?

- Cela fait partie de mon travail. Mon job est de vous protéger, vous vous souvenez ? Et c'est mieux si je sais qu'il n'y a rien derrière, ainsi je peux voir toutes les menaces potentielles qui entreraient dans notre secteur.

- Vraiment ? Il haussa les sourcils. - Vous n'en faites pas un peu trop ?

Ce type était têtu. Elle avait eu cette conversation tant de fois avec des clients qu'elle savait ce qu'il allait dire. Il pensait probablement qu'elle était paranoïaque et regardait par-dessus son épaule tout le temps.

- Non, comment ça ?

Il l'étudia un instant puis saisit le menu.

- Vous n'êtes pas fatiguée ou épuisée à force de regarder par-dessus votre épaule tout le temps ?

- Non, que voulez-vous dire ?

- Je veux dire : relax, nous sommes juste assis pour manger. Que peut-il arriver ici ?

Elle haussa les épaules.

- Je ne sais pas. Tout est possible. Je dirais qu'avec le niveau de menace dans lequel vous vous trouvez en ce moment, probablement la même chose que ce qui s'est produit dans votre parking l'autre soir.

Trevor hocha la tête.

- C'est bon, mais sérieusement : vous ne pouvez pas passer votre vie à regarder par-dessus votre épaule. Ce n'est pas comme ça tous les jours, n'est-ce pas ?

-Non, c'est tout l'intérêt de s'asseoir ici pour que je puisse surveiller la porte, donc je n'ai pas à regarder par-dessus mon épaule.

Il lui fit un sourire ironique.

- Bravo ! Ce que je veux dire c'est … vous êtes toujours sur vos gardes ?

- Oui.

- Toujours ?

- Oui.

- Je ne vous crois pas.

Elle haussa les épaules.

-D'accord, vous n'êtes pas obligé.

Il secoua la tête et retourna à la lecture du menu.

- Il me semble que vous vous inquiétez beaucoup, c'est tout.

- Je ne m'inquiète pas.

Il la toisa de haut.

- Oui en effet.

-Être prête n'est pas inquiétant. Être efficace dans son travail n'est pas inquiétant.

-Ouais, mais vous ne pouvez pas vous attendre à ce que tout le monde vous tue, non ? N'est-ce pas fatiguant ?

- Il y a une grande différence entre s'inquiéter et se préparer. Je ne suis pas paranoïaque.

- En êtes-vous si sûre ?

Mandy posa son menu et s'appuya sur ses coudes.

- Être prête n'est pas différent du port de votre ceinture de sécurité.

- Comment ça ?

- Bouclez-vous votre ceinture de sécurité lorsque vous vous rendez au travail tous les matins ?

- Oui, c'est la loi.

- Bien sûr, mais la portez-vous parce que c'est la loi ou parce qu'il est sécuritaire de le faire ?

- Ben...Parce que c'est sûr, c'est juste du bon sens.

- Exactement. Même si les chances statistiques que vous ayez un accident de voiture sont faibles, le port de votre ceinture de sécurité est toujours du bon sens, une chose raisonnable à faire lorsque l'on conduit à notre époque.

- D'accord, là-dessus je vous suis.

- Lorsque vous bouclez votre ceinture de sécurité, c'est parce que vous craignez de vous retrouver dans un accident de voiture ?

Il la fixa.

- Non.

- Exactement, mais pourquoi pas ? Ce serait une réaction raisonnable, n'est-ce pas ?

- Oui. Elle commença à voir dans ses yeux qu'il savait où elle le menait. - Votre bureau a-t-il une police d'assurance-incendie ? Votre bureau est-il équipé d'extincteurs et d'alarmes incendie ? Le bâtiment fait-il l'objet d'une inspection incendie annuelle ? Y a-t-il un inspecteur de la santé pour ce restaurant ? Vous bouclez votre ceinture de sécurité lorsque vous conduisez. Ce sont tous des cas où vous vous préparez et prenez simplement des précautions normales et raisonnables. Je fais la même chose. Mon travail est juste un peu différent. Je vois un peu plus les raisons de la ceinture de sécurité que la personne moyenne. Dans mon travail, j'ai vécu quelques accidents de voiture ici et là. J'aime être préparée. Elle but une gorgée de son verre d'eau.

- Je vois.

- Nous prenons tous des précautions dans la vie. Je suis assise face à la porte et c'est raisonnable vu les circonstances. C'est pour les mêmes raisons que je porte une arme à feu... Au cas où.

- Pourquoi ne pas porter deux armes, juste au cas où ? Vous avez deux mains !

- J'en porte deux parfois, mais pas aujourd'hui.

- Pourquoi ne pas porter trois armes, juste au cas où ? Pourquoi ne pas porter douze armes ?

Elle sourit.

-Vous devez tracer une ligne quelque part. Ce serait déraisonnable. Mais croyez-moi, je porterais un

M4, un pistolet et un fusil d'assaut, si je le pouvais. Mais ce serait déraisonnable. La seule raison pour laquelle je porte une arme de poing est que je peux la porter sans que personne ne le remarque. Il n'est tout simplement pas raisonnable de transporter une arme d'épaule dans la ville et dans ce bon restaurant. Mais en Afghanistan, c'était une autre histoire.

- Je suppose...

- Lorsque vous êtes habituée à regarder par-dessus votre épaule, à regarder par les fenêtres avant d'entrer à l'intérieur, à compter combien de voitures suivent vos habitudes de circulation, à repérer combien de personnes vous regardent avec suspicion, à vous assurer que la porte de votre chambre d'hôtel n'a pas été enfoncée, à deviner la taille et le poids de tout le monde autour de vous et à devenir méfiante à l'égard de chaque morceau de détritus que vous apercevez sur le bord de la route, alors être assise dos à la porte et porter une arme à feu devient une évidence.

Ça ne devait pas être toujours simple.

- Vous avez aussi un extincteur sous votre veste ?

- Non, mais j'en ai un dans la voiture.

- Bien sûr, suis-je bête.

Mandy tâtonna les côtés de sa veste plongea la main à l'intérieur.

- Mais j'ai deux magasins de rechange, deux lampes de poche, un couteau, un garrot, de la gaze, deux joints de poitrine, des pansements, un chargeur de secours pour mon téléphone portable, un stylo épi et ... Elle pêcha quelque chose dans une poche intérieure ... - et des bonbons à la menthe. Elle tendit une petite boîte de bonbons à la menthe. - Vous en voulez un ?

- Non merci, je suis sur le point de manger.

- D'accord. Alors, dites-moi qui sont ces Monsieur et Madame Penman que nous attendons.

- Pourquoi êtes-vous intéressée par ça tout à coup ?

Il lui donna une tape amicale. Flirtait-il avec elle ? Elle tenait son verre au bord des lèvres et haussa les sourcils.

- On ne sait jamais. Je pourrais être utile et sauver vos fesses comme je l'ai fait avec Monsieur Neeman.

Elle but une longue gorgée. Trevor sourit et rougit à la fois. C'était à nouveau l'autre Trevor, l'homme ordinaire. Téléphone Trevor était parti.

- Monsieur Penman est notre directeur des opérations du sud-ouest. Il travaille à Charlotte, en Caroline du Nord. Il est ici pour la réunion annuelle de ce samedi. Sa femme ne fait que l'accompagner pour ce voyage d'affaires.

- Bonjour.

Un homme et une femme s'étaient approchés. Trevor se leva pour leur serrer la main. Ce devait être

Monsieur Penman et sa femme. Juste à temps. Les présentations faites, tout le monde prit place. Une première petite conversation s'engagea à propos de la commande. Mandy attendait avec impatience un bon repas.

-Alors, commença Monsieur Penman, depuis combien de temps êtes-vous mariés ?

Apparemment, les présentations n'avaient pas été complètes. Mandy et Trevor se regardèrent, ne sachant pas qui parlerait.

- Non. Mandy rit.

- Non. Trevor prit la relève. - Nous sommes des collègues, nous ne sommes pas mariés.

- Oh ! Monsieur Penman fronça les sourcils d'embarras et posa sa main sur sa tempe. - Je suis désolé, je ne sais pas pourquoi je dis des choses parfois. Ne faites pas attention.

Mme Penman posa la main sur l'épaule de son mari.

Après ce moment gênant, la conversation reprit d'une façon plus habituelle. Le gros de la discussion portait sur les affaires en des termes que Mandy ne comprenait pas. Cependant, elle eut du mal à prêter attention à la conversation quand elle remarqua que Trevor la regardait sans cesse. Au début, elle pensait cerner le personnage, mais au fur et à mesure que le repas avançait, elle avait le sentiment de se tromper. Il était plus ouvert avec elle. Il était beau aussi. Pourquoi cette soudaine gentillesse ?

Les crevettes étaient délicieuses. Monsieur et Madame Penman étaient drôles et d'excellents orateurs. Pas du tout ce à quoi elle s'attendait. Le repas se termina et ils se dirigèrent vers la porte. Mandy était contente : cela avait été une longue journée, elle n'avait plus qu'à mettre à jour le rapport d'information sur la menace avant d'aller se coucher. Elle voulait juste ramener Trevor en toute sécurité à l'hôtel.

Chapitre 13

MERCREDI 21H19

Trevor suivit Mandy hors du restaurant jusqu'au trottoir de la rue. Il faisait sombre. Il consulta à nouveau son téléphone : toujours rien de Skymore Design. Zut ! Ils s'étaient garés assez loin. Mandy était pourtant capable de se garer plus près.

- Attention ! cria Mandy.

Trevor se figea. Un homme courait sur eux entre deux voitures. Il était vêtu de noir, un masque noir lui cachait le visage...tout comme l'autre. Seulement cette fois, il avait quelque chose dans sa main. Mandy ne dégaina pas son arme, ne prit pas la fuite et n'attrapa pas Trevor comme elle l'avait dit. Elle fonça vers L'homme qui tendait le bras prêt à la frapper avec l'arme qu'il tenait dans sa main. Elle fut plus rapide et lui sauta dessus. Ils roulèrent au sol. Mandy profita de son élan pour le plaquer sur le bitume. Une clé de bras et l'agresseur lâcha son arme qui rebondit et tinta sur l'asphalte. Elle saisit l'homme par la taille, remonta ses mains pour lui écarter les bras. Elle était maintenant sur lui, écrasant son ventre. Il faisait facilement deux fois sa taille, mais avant de pouvoir faire quoi que ce soit, Mandy utilisa tout son poids et le força à plier. À présent elle semblait assise confortablement sur sa poitrine. Il luttait pour libérer ses mains prisonnières derrière son propre corps. Il grogna de défi. Elle avait déjà coincé sa gorge à l'aide de sa main.

Pas un mot n'avait été échangé. Trevor resta stupéfait. Comment diable a-t-elle fait cela, si rapidement et sans effort ? L'homme avait lutté mais il était clair qu'il ne pouvait pas se relever pour l'instant.

Mandy tourna la tête pour regarder en direction de Trevor.

- Vous apercevez quelqu'un d'autre ?

Son visage et le ton de sa voix étaient sérieux, calme.

- Y a-t-il quelqu'un d'autre ? cria-t-elle plus fort

De la tête, Trevor fit un tour d'horizon

- Je ne crois pas.

- Appelez le 911 et montez dans la voiture.

L'homme hurla quelque chose et pesa de tout son poids pour essayer d'échapper au contrôle de Mandy.

Trevor composa le 911 et s'approcha de Mandy et de son prisonnier. Super ! C'était la deuxième fois cette semaine qu'il échappait à une attaque.

- 911 quel est le motif de votre appel ?

- Euh, nous avons besoin d'aide... à côté du restaurant The Vine sur la 20e Avenue

- The Vine, 2716 20th Avenue ?

- Oui.

- Que se passe-t-il ?

- Un homme nous a attaqués sur le parking.

-O ù est l'homme maintenant ?

- Il est immobilisé par..., euh..., par mon garde du corps.

- Pouvez-vous me le décrire s'il vous plaît ?

- Trevor, montez dans la voiture.

Mandy luttait toujours avec le grand type en dessous d'elle. Trevor ne savait pas si elle allait pouvoir le retenir encore longtemps. Elle savait évidemment ce qu'elle faisait mais ce type était énorme.

-Arrêtez de résister ! cria-t-elle.

L'homme jurait et se tortillait sous elle. Mandy tenait ses poignets à deux mains, pressant son propre bras sur sa gorge. On aurait dit qu'elle l'étouffait avec son bras. Trevor était étonné. Ce gars se débattait vraiment. Il utilisait toute sa force mais Mandy avait toujours le dessus, au propre comme au figuré.

- Lâche-moi salope !

L'homme poussa un hurlement étouffé. Par saccades il secouait son corps, essayant de se dégager de l'emprise. Mandy continuait à réagir pour garder le contrôle. Finalement il réussit à se retourner sur le ventre. Elle sauta sur lui mais il esquiva des genoux. Elle s'accrochait maintenant à son dos. Ses jambes enroulaient sa taille, elle serra les mains autour de la gorge de son adversaire. Elle était dans la même position que Marcus Jones quand il avait remporté son dernier combat pour le titre MMA. Putain de merde. Elle était vraiment forte ! Trevor sentait son cœur battre si vite que ses mains se mirent à trembler.

Ensuite, la situation changea : L'homme en noir était si grand et si fort qu'il réussit à se lever. Mandy s'accrochait et son visage se raidit alors qu'elle lui serrait le cou de plus en plus fort. L'homme avait ses deux gros bras sur l'un des siens, tirant pour se libérer. Il était debout et on aurait dit qu'ils allaient tomber. Si ce monstre décidait de se laisser tomber sur Mandy, elle serait écrasée entre son agresseur l'asphalte. Ce n'était pas bon.

Puis l'homme relâcha ses bras et d'une main se mit à fouiller dans la poche de son sweat à capuche. Peut-être qu'il avait une autre arme ? Merde. Trevor courut vers eux et frappa l'homme aux cuisses, exécutant le plus beau tacle qu'il avait fait depuis sa dernière année universitaire. Tous les trois tombèrent au sol. Trevor avait frappé les jambes de l'homme pour que Mandy atterrisse au-dessus. Cela avait marché.

-Que faites-vous ? Demanda Mandy. Sa voix sautait de haut en bas alors qu'elle maintenait l'homme au sol. Trevor bloquait les jambes de l'agresseur.

- C'est bon, c'est bon, lâchez prise.

- Quoi ? demanda Trevor.

- Laissez-le, je dois le fouiller.

Trevor réalisa que les jambes de l'homme ne bougeaient plus. L'avait-elle assommé ?

- Que s'est-il passé ?

- Je l'ai étouffé. Tenez, aidez-moi à le retourner.

Effectivement, l'homme était inconscient. Trevor et Mandy le retournèrent sur le côté. Elle positionna ses genoux et ses bras pour l'empêcher de basculer. Trevor se leva et recula d'un pas. Mandy le palpa, cherchant d'autres armes. Elle n'en trouva aucune.

Elle leva les yeux, renifla et releva les cheveux de son visage.

- Eh bien, j'ai passé une belle soirée, et vous ?

Le ton était sarcastique mais son sourire donnait l'impression d'une simple blague. C'était vraiment une femme incroyable.

- Je vais bien.

Elle s'approcha de lui, tournant constamment la tête pour s'assurer que personne n'arrivait et passa ses bras autour de lui comme pour lui faire un câlin. Trevor était tout à fait d'accord et enroula lui aussi ses bras autour de la jeune femme, ne sachant pas quoi faire d'autre.

Elle haussa les épaules.

- J'effectue un contrôle médical, tout simplement.

Ses mains glissèrent sous ses épaules et dans son dos. - Vous n'avez pas été blessé, n'est-ce pas ? Quelque chose vous a heurté ?

Trevor se sentit rougir d'embarras d'avoir essayer de lui faire un câlin.

-Trevor !

- Oui.

- Est-ce que ça va ? Mandy le regarda droit dans les yeux.

- Ouais, je vais bien, je vais bien. Et vous, ça va ?

- Où est l'arme ?

- Quelle arme ?

- Il avait une arme à feu. Retournez à la voiture et bouclez les portières

Mandy jeta un regard circulaire puis se déplaça vers l'endroit précis où la bagarre avait commencé. C'était à environ cinq mètres. Là, près d'une roue d'un véhicule garé elle retrouva une arme de poing noire. Elle sortit son portable et prit une photo tout en se gardant d'y toucher.

Elle retourna ensuite vers l'homme toujours inconscient, retira le masque de son visage et prit quelques photos. Elle prit des clichés d'un tatouage visible sur l'avant-bras de l'homme, fouilla ses poches et en sortit un téléphone et un portefeuille. Encore une fois, elle photographia et remit le tout en place.

Les sirènes de la police venaient du bas de la rue. Trevor était retourné à la voiture sur les ordres de Mandy. Elle resta accroupie près de l'homme qui avait l'air de commencer à se réveiller. C'est à ce moment que la police arriva sur place. Très vite des agents menottèrent l'homme. Mandy discuta avec deux policiers. L'échange fut bref et Mandy retourna calmement à la voiture, s'installa au volant et reclaqua la portière

- Comment allez-vous ? demanda Trevor.

- Je vais bien. Son visage était plus calme que jamais. - C'est vous qu'il a attaqué... Est-ce que ça va ?

- Ouais.

Ils hochèrent la tête tous les deux. Trevor ne savait pas quoi dire. Mandy démarra et ils quittèrent les lieux. Après quelques minutes de silence, Mandy se dirigea vers l'autoroute. Elle se tourna enfin vers Trevor.

- J'ai apprécié votre aide, mais je ne peux pas vous impliquer à nouveau dans une histoire pareille. Mandy regardait droit devant elle pendant qu'elle parlait. - Mon travail est de vous protéger, pas de vous impliquer dans une bagarre de rue. J'apprécie que vous vouliez aider, mais j'avais la situation sous contrôle.

- J'ai vu : je pensais qu'il allait vous écraser, c'était une brute épaisse.

- Je sais... Elle s'interrompit. - Je comprends, je suis une femme, vous êtes un homme et vous êtes capable de vous protéger tout seul. Vous n'admettez pas de vous sentir protégé par quelqu'un d'autre, comme si votre virilité était remise en question quand j'interviens. C'est mon travail, c'est tout ce que je fais. Le fait que je sois une femme ne devrait pas avoir d'importance.

Que se passait-il ? En faisait-elle une sorte de discours féministe ?

- Je sais que vous êtes compétente pour me protéger, vous venez clairement de le prouver encore une fois, mais je ne suis pas le genre de gars qui va rester là sans réaction pendant que vous vous battez avec un homme deux fois plus grand.

- Je contrôlais la situation.

Sa voix était toujours posée mais ferme. Elle était définitivement folle mais c'était une professionnelle disciplinée qui savait comment gérer et cacher ses émotions.

- Et s'il y avait eu un deuxième attaquant ?... Qui vous aurait sauté dessus pour vous tuer pendant que vous nous plaquiez au sol, moi et le gros sac ...Et si vous vous étiez cassé le poignet en heurtant l'asphalte ?... Ou s'il vous avait frappé la tête ?

- Il n'y avait pas d'autre agresseur. J'ai vérifié tout autour.

Elle regarda dans le rétroviseur, changea de voie et accéléra.

- Ecoutez, je ne pouvais pas vous laisser faire ça.

La voiture était l'endroit le plus sûr pour vous dans une situation comme celle-là. Je sais que vous êtes un grand dirigeant et tout et tout, que vous avez l'habitude d'être responsable. Mais tout le temps où je suis employée par H and K Design pour assurer votre protection, je suis responsable de votre sécurité et vous devez donc faire ce que je vous dis.

- Attendez une minute. Facile à dire : là-bas il y avait un homme costaud et armé. Si quelqu'un a des problèmes, je réagis en essayant de l'aider.

- Je n'étais pas en difficulté.

- Oh oui, ce gorille de cent-vingt kilos qui allait vous tomber dessus, ce n'était pas un problème ?

Elle se moqua.

- Si vous pensez une minute que vous m'avez sauvé la vie, j'ai le regret de vous décevoir. Il chutait avant même que vous arriviez. Et il ne pesait pas plus de cent kilos.

- Vous seriez tous les deux tombés.

- J'aurais relâché mes jambes autour de son bassin pour me retourner et atterrir en toute sécurité. Ce n'était pas exactement mon premier jour de travail.

- Le gars avait une arme à feu.

- Ouais, avait. Une fois que je l'ai fait lâcher, ce n'était plus un problème.

- Mais. . .

- Écoutez, je suis flattée que vous vouliez aider, mais ce n'est pas votre travail. Je ne suis pas une demoiselle en détresse. Je suis ici pour vous protéger. Vous ne comprenez pas ? Remettez-vous du fait que je suis une femme.

- Je m'en fiche si vous êtes une femme.

Mandy roula des yeux.

- Ce serait à la fois différent et pareil si nous étions autour d'une table pour construire un argumentaire de vente...je ne sais pas...pour quelque chose de commercial. Je suis là avec vous qui présentez votre projet. Je sors de nulle part, vais-je participer à la discussion ? Je ne connais rien au design, aux ventes ou à tout ce que vous faites. Si j'ai besoin d'aide sur la couleur à mettre sur ma carte de visite, je n'ai aucun problème à vous appeler et à vous demander de l'aide. Vous êtes doué pour les ventes, les power points et toutes ces choses. Je vous ai vu à l'œuvre, Je vous ai vu ce midi, vous êtes super dans ce que vous faites. Moi je suis compétente dans ce que je fais. Je ne connais rien à la vente, je protège les gens, je tire avec des armes, je conduis, je fais constamment de la contre-surveillance lorsque votre nez est coincé dans votre téléphone, et j'élimine les méchants avant qu'ils ne touchent mon client. C'est ce que je sais faire. Vous devriez soulager votre ego et me laisser faire mon putain de travail !

Trevor devait l'admettre : elle avait été incroyablement réactive lors de l'attaque. Si quelqu'un lui avait donné une photo de Mandy et de ce salaud et lui avait demandé si Mandy aurait pu le combattre, il ne l'aurait pas cru. Elle était douée... et plus qu'il ne s'y attendait. Il ne savait pas à quoi s'attendre, mais il fallait reconnaître qu'elle était efficace, très efficace. Ce n'était pas seulement son ton qui le faisait réfléchir, c'était ses actions. Les faits confirmaient ce qu'elle avançait.

Lors de l'incident, lui se tenait là comme un cerf pris dans les phares d'une voiture alors qu'elle attaquait et étouffait de son propre bras son ennemi. Comment l'avait-elle retenu tout ce temps tout en le regardant et en lui parlant ? Ce n'était que lorsqu'il avait commencé à réfléchir et à rejouer l'incident dans son esprit qu'il avait commencé à être vraiment impressionné. Comment avait-elle fait pour gérer tout ça ?

- Je suis désolé, Mandy.

Il était embarrassé. Il était resté là comme un rond de flan pendant qu'elle agissait et se battait. Le gars l'aurait probablement tué si Mandy n'était pas avec lui. Bon sang, c'est ce qui avait failli se passer dans le parking l'autre jour. Il secoua la tête. Et il y avait cette arme à feu. Oui il aurait pu être tué. - Je suis désolé, reprit-il, je ne pensais tout simplement pas...

Il devait être honnête avec elle et avec lui-même. Il se tenait à ses côtés, comme un faible. Elle l'avait sauvé. Il était fatigué de toutes ces conneries. Cela avait été un long début de semaine. Et plus il essayait de nier, plus il devait reconnaître que quelqu'un l'avait_agressé et le forçait maintenant à regarder par-dessus son épaule toutes les deux secondes. Zut ! En plus ça tombait sur cette semaine, La semaine la plus importante de sa carrière. Qui était ce connard qui lui en voulait ?

- ...Je, je ne savais pas comment réagir, tout est allé si vite...je n'ai pas su quoi faire, vous étiez si rapide...comment l'avez-vous repéré si vite ? Je veux dire, je me rends compte que...

- Ça va, Trevor. Je ne voulais pas vous moquer de vous, le coupa Mandy. Cela m'a juste fait peur, c'est tout. Vous subissez une grosse pression. Vous êtes sur une grosse affaire. Vous avez bien fait. Vous n'avez rien fait de mal.

Silence. Trevor restait quoi, immobile sur son siège. Il ne savait pas quoi dire d'autre. Il était en colère contre lui-même. Il aurait pu être blessé, ou pire, il aurait pu laisser Mandy se faire blesser ou même se faire tuer. Il n'aurait pas pu survivre avec ça.

- Juste pour info. Ce fut Mandy qui finalement rompit le silence. - C'était un bon tacle. Elle lui lança un sourire.

C'était comme si quelqu'un avait éteint la minuterie du micro-ondes qui chauffait. Le soulagement !

- Bien sûr que c'était un bon tacle. Je n'ai quand même pas fait toutes ces années d'études pour rien !

Mandy continuait à conduire. Ils seraient de retour à l'hôtel avant minuit. Non ça n'avait pas été une nuit facile. Elle regarda sa montre. Zut ! Elle avait oublié d'appeler les enfants. L'heure du coucher était bien passée, elle avait complètement oublié.

Chapitre 14

Mandy retrouva Trevor devant la porte de sa chambre d'hôtel. Elle les conduisit à travers le hall et ils montèrent dans leur voiture.

- Donc, vous êtes sûr que c'est le même type qui vous a agressé l'autre soir ?

- Oui. Même coupe de cheveux, même voix, même carrure, même masque facial, sale.

Mandy consulta ses mails sur son portable avant de sortir dans la rue.

- Selon le détective Bremmer et à la lecture de son permis de conduire que j'ai vu hier soir, l'homme qui vous a attaqué deux fois, est un certain Justin Michael Caswell, du New Jersey.

- Du New Jersey ?

Il haussa les épaules. Il était trop calme quand il avait dit « New Jersey », cela ressemblait à de l'histoire ancienne dont il faudrait discuter dans la journée. Trevor prouvait qu'il était assez résilient. Il avait été agressé physiquement deux fois en quatre jours et cela ne semblait pas le perturber. À l'origine, c'était parce qu'il ne connaissait pas la réalité de la menace. Cependant, il avait maintenant montré qu'il mesurait la gravité de la situation.

- Je voulais vous dire, après la nuit dernière... j'ai une faveur à vous demander.

- D'accord, qu'est-ce que c'est ?

- Tout ce que vous avez fait hier soir pour maîtriser ce type, Justin Michael ce voyou, c'était assez impressionnant. Pas parce que vous êtes une femme, je veux dire : comment l'avez-vous plaqué si facilement ? ...et une fois que vous étiez au-dessus de lui, comment l'avez-vous retenu, comme ça, en tenant simplement son bras ? Il faisait deux fois votre taille. Et puis vous l'avez plongé dans le coltard comme ils le font en MMA.

Il comprenait enfin. Il semblait vraiment impressionné par elle. Cela permit à Mandy de se sentir importante et appréciée. Peut-être n'était-il pas toujours « téléphone Trevor » ? Peut-être avait-il remarqué la valeur des choses en dehors de son travail ?

- Alors, je pensais ... Il se tourna un peu pour lui faire face. - Votre travail c'est bien de me protéger, non ?

- Oui.

- Ce que vous avez dit hier soir m'a fait réfléchir. Et si les choses s'étaient passées différemment : vous éliminiez le premier gars, mais un second m'attaque par derrière…

Il comprenait vraiment.

- …J'adorerais apprendre certains de ces mouvements. Je pense qu'il serait souhaitable que vous m'enseigniez quelques gestes d'autodéfense, au cas où je devrais me protéger pendant que vous avez les mains liées.

Elle ne pouvait pas dire si ce serait une bonne idée ou non. Cela sonnait bien, mais il ne pourrait apprendre qu'un nombre limité de mouvements d'autodéfense en peu de temps. Cependant, montrer un intérêt pratique pour sa propre sécurité était sans doute une bonne idée. Elle n'avait jamais eu l'occasion d'enseigner cela à un client auparavant.

- C'est du Jiujitsu.

- Quoi ?

Elle lui sourit.

- Jiujitsu. Ce que je pratique c'est du Jiujitsu. Le Jiujitsu est ce que vous voyez dans tous ces combats de MMA.

- Jiujitsu, c'est vrai. Comment puis-je apprendre ?

- Eh bien, je peux vous montrer certaines des bases, je suppose.

- Alors, qu'est-ce que c'est exactement ? Est-ce que c'est des coups de pieds volants, ce genre de choses ?

- Non, absolument pas. Le Jiujitsu est avant tout une question de légitime défense, on joue sur la masse corporelle de l'adversaire contre lui-même, en utilisant des mouvements naturels du corps, en composant un effet de levier et en dépensant le moins d'énergie possible pour survivre à l'adversaire.

- Super.

- Je ne sais pas quand nous aurons le temps. Pour apprendre correctement, nous aurions besoin d'un espace enchevêtré car la plupart de l'enseignement et de l'apprentissage se font en lutte sur le terrain.

- Il y a des tapis dans le gymnase du bureau. Tous les employés peuvent les utiliser. Peut-être pourriez-vous me montrer des trucs à midi aujourd'hui ? Entre les réunions ? Maintenant que la réunion D'Oria est repoussée, nous avons du temps supplémentaire.

- D'accord, mais je ne vous montrerai quelques mouvements que si vous vous souvenez de la première chose à propos de la survie à une attaque, surtout dans votre cas et lorsque je suis avec vous.

- Qu'est-ce que c'est déjà ?

- La première chose c'est de courir et de vous protéger en montant dans la voiture. Ensuite d'appeler le 911 et enfin de démarrer si besoin. N'oubliez pas que la mission est de vous protéger.

Trevor resta silencieux pendant un moment. Mandy finissait par se demander pourquoi il ne répondait pas.

- D'accord, j'ai compris. C'est noté. Mais je dois m'en souvenir juste parce que j'ai un garde du corps, un très bon garde du corps... comme vous. Mais je reste toujours un homme et un gentleman. Et si j'ai la possibilité de vous aider plutôt que de m'enfuir comme une mauviette, je le ferai. Malgré tout ce que vous pouvez penser de moi, sachez que j'ai un peu d'honneur et je n'ai pas été élevé pour fuir quelqu'un quand il a besoin d'aide. Surtout, si c'est une femme. Encore une fois, pas parce que vous ne pourriez pas me protéger. Vous pouvez évidemment. Vous avez donné une bonne leçon à un voyou hier soir. Et je sais que vous sauriez me tirer du pétrin s'il le fallait. Mais je veux quand même aider. Je sais un peu comment attaquer, vous l'avez vu. Je peux aider.

Mandy admirait sa combativité. Il avait raison. Il avait peut-être hésité un peu hier soir, mais cela avait dû être déroutant pour lui. Quand il a décidé d'aider, il a fait un bon choix. Il était combatif et n'avait pas peur. Elle dirait même courageux. Il monta dans son estime.

- Après tout, deux valent mieux qu'un, dit Trevor.

Il était plein de bon sens ce matin. Elle réfléchit un instant.

- D'accord, je vous montrerai quelques mouvements à deux conditions

- Qui sont ?

- Premièrement, vous vous souvenez de la première règle dont nous venons de parler. Si vous pouvez courir, courez vous mettre en sécurité. L'un des meilleurs moyens de m'aider est d'appeler le 911.

- D'accord.

Le ton sur lequel il répondit ne donna pas à Mandy la confiance qu'elle espérait. En fait, après cette conversation, elle courait le risque de laisser croire qu'elle lui donnait la permission de riposter. Non pas qu'il ait besoin de sa permission. Il avait le droit de se défendre.

- La deuxième condition est qu'à tout moment pendant un combat, vous faites ce que je dis.

- D'accord.

Si je vous ordonne de courir, vous courez. Si je dis attrapez ses jambes, vous saisissez ses jambes. Si je dis tordez son bras, vous tordez. Nous devrons travailler ensemble, comme un seul. Je vous ferai confiance, mais j'ai besoin que vous me fassiez confiance en retour.

- J'ai compris.

- J'ai participé à beaucoup de bagarres et j'ai vécu beaucoup de situations difficiles, alors faites-moi confiance pour le moment, s'il vous plaît.

- C'est promis.

Il avait l'air honnête. Il semblait vraiment vouloir lui faire confiance et participer.

- Promis ?

Il tendit la main en souriant. Étaient-ils redevenus des enfants ? Était-ce la manière habituelle de négocier ? Elle sourit et lui serra la main.

- Promis !

- Alors, qu'avez-vous appris d'autre sur ce Justin : un voyou ? un fou qui veut me tuer ?

- Il n'a pas été engagé pour vous tuer, mais il a reconnu avoir été embauché pour vous intimider.

- Alors, tout va bien, non ?

- Que voulez-vous dire ?

- Les méchants sont partis, Je peux respirer calmement maintenant ?

- Pas tout à fait.

- Comment ça, pas tout à fait ?

- Justin Caswell est maintenant détenu sur une obligation de cent mille dollars. Mais le plus important, c'est qu'il a révélé aux détectives qu'il avait été embauché par un homme nommé... Elle vérifia à nouveau son téléphone et se tourna vers la rue. « Raymond Kennar. »

Trevor leva les yeux et son visage se figea.

- Connaissez-vous ce nom ?

- Oui, oui je sais qui c'est. Sa voix était tremblante, comme s'il venait juste de recevoir de très mauvaises nouvelles. Apparemment, c'était le cas.

- Comment le connaissez-vous ?

Trevor soupira.

- Zut. Pourquoi n'y avons-nous pas pensé ?

- Quoi ? Merci de m'éclairer.

- Raymond Kennar était l'ancien COO de H et K. Trevor commença à taper un e-mail, probablement pour Gloria et Sam. - Kennar a été expulsé de l'équipe de direction il y a environ trois ans.

Cela pourrait être du lourd : cela donnerait à quelqu'un une motivation claire.

- Alors, quand il a quitté l'entreprise c'était contre sa volonté ?

- Pour rester correct, on peut dire ça comme ça, oui. Sam va adorer ça. Les deux ont travaillé ensemble pendant des années, ils sont arrivés ensemble, mais finalement le conseil n'a pas vu les choses à la manière de Kennar. Une première fois, on lui a demandé de démissionner mais finalement il a été licencié. La séparation n'a pas été sereine et je sais qu'il y avait des ressentiments durs des deux côtés. Mais à ma connaissance, nous n'avons eu aucune communication avec lui depuis son départ. Alors, c'est lui qui est derrière tout ça ?

- Il semblerait.

Mandy vérifia encore une fois ces rétros. Personne de suspect dans les changements de file ou de vitesse. Elle ne reconnut aucun véhicule ressemblant à ceux qui les avaient suivis auparavant. Elle était pratiquement certaine qu'il n'y avait pas d'embrouille pour le moment.

- N'oubliez pas que rien n'a encore été prouvé. La police est en route pour l'adresse de Raymond Kennar.

- Ça doit être lui. Mais ils veulent obtenir plus de preuves ?

- C'est ça. Mais cela pourrait très bien être une mise en scène. Les criminels font souvent cela pour gagner plus de temps ou pour semer la confusion chez les enquêteurs.

- Pensez-vous que le type dit la vérité ?

- Je ne sais pas. Je n'ai pas eu l'occasion de lui parler. Peut-être. Tout ce que j'ai, c'est ce que le détective Bremmer me dit.

- Mais qu'est-ce que Kennar aurait contre moi ? Je veux dire, techniquement, je n'ai jamais travaillé avec lui. J'étais dans l'entreprise quand il était COO. Mais je ne lui ai jamais parlé, je ne l'ai pas même vu dans l'immeuble. J'étais juste un chef de projet quelconque à l'époque.

- Combien de temps après le départ de Kennar, avez-vous rejoint l'équipe de direction ?

- Oh, je ne sais pas. Quelques mois peut-être ?

- Kennar ne voulait pas quitter l'entreprise, c'est vous qui occupez le poste maintenant. Il ne l'admet pas. Est-ce parce que vous êtes jeune et que vous représentez le changement ?

Trevor haussa les épaules.

- Je suppose. C'est bizarre. Cet homme a pourtant beaucoup d'argent. Il a obtenu une énorme indemnité de départ. Mais vous avez dit que ce n'était pas vraiment fini. Pourquoi ?

- Les enquêteurs ont l'impression, et je suis d'accord avec eux, que la menace reste élevée. Si Kennar est la personne derrière ça et qu'il a un objectif à atteindre avant samedi...alors il est tout à fait possible qu'il ait prévu plus d'une attaque pour vous éliminer.

Trevor fit un long et lent hochement de tête. Il était calme. Peut-être qu'il comprenait enfin à quel point cette menace était crédible et sérieuse.

Chapitre 15

JEUDI 9h53

Trevor se tenait dans la salle du conseil exécutif de la Santin Corporation, attendant l'arrivée des participants. Mandy les avait amenés ici voilà un moment. Sam Frederick allait également arriver. Lorsque l'assistante administrative les fit entrer, elle leur demanda s'ils désiraient quelque chose. Trevor demanda un café. Il avait déjà bu un verre de Monster ce matin mais il avait besoin d'autre chose. La caféine l'aiderait dans la réunion et il avait surtout besoin d'occuper ses mains.

L'assistant revint avec une tasse en verre portant le logo Santin Corporation

- Je vous remercie. Il lui prit la tasse et la posa sur un dessous de verre qui portait également ce logo

- Rien pour vous ? Demanda l'assistante à Mandy.

- Non merci, ça ira.

Trevor s'assit sur l'une des chaises autour de la grande table de conférence en chêne et but une gorgée. Il se brûla la langue, le truc était très chaud. Il écarta brusquement sa tasse et un filet de café noir se répandit au centre de sa cravate Bulgari jaune clair. « Bon sang. Bien sûr, juste avant la réunion ». Il essaya d'essuyer la tache avec une serviette mais il était trop tard. Et maintenant ? Il ne pouvait pas rencontrer ces gens avec une tache comme ça. Il pensa à retirer la cravate et à essayer d'avoir l'air décontracté, mais cela ne marcherait pas non plus. Ces types étaient toujours habillés en costume impeccable et ils auraient remarqué les détails. « Merde ! » Peut-être qu'il pourrait aller aux toilettes et essayer de frotter ?

- Monsieur. Wilson ? L'assistante passa la tête par la porte.

- Oui. Trevor couvrit la tache en joignant les deux mains devant sa poitrine dans une position inconfortable.

- Les membres du conseil sont en route ; ils seront là dans une minute.

- Je vous remercie. L'assistante était repartie et Trevor commença à défaire sa cravate.

- Je suppose que je devrai faire preuve de décontraction. Ce sera un moindre mal.

- Ici.

Mandy s'avança vers lui, sa main dans sa veste. Qu'est-ce que c'était ? Miraculeusement, elle sortit une toute nouvelle cravate pliée en deux. Ce n'était pas un Bulgari mais elle semblait de bonne qualité. Elle était noire avec quelques arabesques bleues. Elle avait l'air jolie et pouvait aller avec une variété de combinaisons différentes. Il fut époustouflé. Pourquoi et comment avait-elle déniché une nouvelle cravate ? Avant qu'il ne puisse dire quoi que ce soit, elle se tenait face à lui et lui passa la cravate autour du cou.

Il se figea, ne s'attendant pas à ce qu'elle noue la cravate, mais déjà, elle arrangeait l'étoffe. Leurs visages n'étaient qu'à quelques centimètres l'un de l'autre. Il en avait la chair de poule alors que ses mains effleuraient son cou et sa poitrine, ses yeux étaient fixés sur le nœud, mais ils brillaient sur son visage. Elle était encore plus belle en gros plan.

Elle releva la tête pour le surprendre à la regarder directement.

- Quoi ? Demanda-t-elle.

Qu'était-il sensé répondre ?

- Euh, merci.

- Pas de quoi. Je savais que ce serait utile à un moment donné. Elle remonta le nœud et commença à arranger son col. Il se sentit rougir, ses poils se dressaient après ces légères touches sur sa peau. Elle rabaissa le col et centra le nœud. Sa main reposait sur sa poitrine alors qu'elle alignait la cravate sous sa veste. Sa main est-elle restée un peu trop longtemps posée là ? Elle recula, regardant toujours le nœud.

- C'est presque ça. Elle rectifia une dernière fois le travail. Satisfaite, elle lui prit la tasse des mains et essuya le côté avec la serviette. Elle posa la tasse et se détourna rapidement.

Mais déjà, Sam Frederick s'avançait vers eux.

- Bonjour, Trevor.

- Bonjour, Président.

Ils se serrèrent la main alors que Trevor fourrait la cravate tachée dans sa poche.

- Bonjour, Mandy.

Mandy hocha la tête en retour.

Trevor aurait voulu vérifier sa nouvelle cravate dans un miroir mais il n'avait pas le temps. Le PDG de Santin entrait avec le reste du conseil à sa suite. On échangea des poignées de main, on fit des présentations et tout le monde s'assit. Comme prévu, les membres du conseil d'administration de Santin avaient tous des nœuds Windsor ou des cravates coûteuses. Ils étaient parés comme d'habitude : pinces à cravate, boutons de manchette, pochettes.

Ce n'est que lorsque le directeur de l'exploitation lui fit un compliment qu'il reprit ses esprits.

- Belle cravate.

- Merci, c'est l'une de mes préférées.

Trevor avait du mal à se concentrer sur ces clients car il était encore complètement obnubilé par Mandy et sa cravate supplémentaire. Sans hésitation, elle s'était levée et avait noué la cravate à son cou avant qu'il ne puisse dire quoi que ce soit. Puis, elle avait arrangé l'ensemble plus rapidement qu'il n'aurait pu. Cette femme était-elle si bien préparée qu'elle avait même une cravate supplémentaire pour lui au cas où un incident comme celui-ci se produirait ? Il ne pouvait pas croire qu'elle pensait à ce niveau de détail pour lui. Ce simple garde du corps valait son pesant d'or.

Chacun des six membres du conseil d'administration s'installa d'un côté de la table de conférence, Trevor et Sam de l'autre. Mandy et un autre assistant exécutif de Santin étaient assis sur des chaises dans un coin de la pièce.

Le PDG commença à expliquer comment ils avaient pris la décision de construire un nouveau siège social. La Santin Corporation était une société de portefeuille pour diverses filiales de compagnies d'assurance. C'était techniquement une société multinationale puisqu'elle avait des bureaux en Grande-Bretagne et en Espagne, en plus des bureaux dans onze États. Le bureau ici à New York était leur siège mondial. Ils travaillaient dans le même bâtiment depuis les années 80 et voulaient construire leur propre établissement dans le Queens.

H and K Design était l'une des trois meilleures sociétés finalistes en lice pour l'offre de conception de leur immeuble de bureaux. C'était un projet estimé à plusieurs millions de dollars, donc Sam Frederick avait beaucoup à gagner. Trevor avait du mal à prêter attention à la longue histoire de la Santin Corporation. Non seulement la leçon d'histoire était un peu barbante, mais il ne pouvait s'empêcher de regarder Mandy dans le coin.

Elle avait l'air magnifiquement professionnelle dans son tailleur pantalon noir et sa queue de cheval brune. Elle se redressa et prit des notes sur son éternel bloc-notes en le posant sur le genou de ses jambes croisées. Son visage était remarquable et elle avait l'air d'être profondément intriguée par la présentation du PDG. Il savait qu'elle se souciait probablement moins de cette réunion que lui. Comment avait-elle l'énergie d'être si calme et de paraître si intéressée ?

C'était le genre de femme que tous les hommes de la pièce remarquaient. Elle était au-delà de la beauté. Elle était très charismatique. Chaque homme, quel que soit son âge, la remarquait. Les deux femmes présentes dans la salle, l'assistante de direction et la directrice financière de Santin posaient elles aussi des regards vers Mandy. Trevor était à peu près sûr qu'elles avaient des sentiments opposés.

Trevor surprit l'un des autres membres du conseil d'administration en train de jeter une œillade à Mandy. Il n'aimait pas ça et se sentait tout à coup protecteur envers elle. Il ne savait pas d'où cela venait mais il n'aimait pas que quelqu'un d'autre la dévisage. Le sentiment qu'il devait être « son protecteur » était ironique. Elle rirait certainement : c'était bien elle qui assurait sa protection à lui.

Il avait été réfractaire à l'intrusion de Mandy dans sa vie professionnelle au début de la semaine. Mais après les événements d'hier, il voyait non seulement à quel point elle était douée dans son travail, mais aussi combien sa compagnie lui était agréable. Elle était toujours debout, prête à partir et vêtue de son costume impeccable avant-même qu'il ne quitte sa chambre. Elle était toujours en avance. Elle s'assurait qu'ils étaient toujours à l'heure ou en avance pour les réunions. Il savait également qu'elle rédigeait beaucoup de rapports le soir et pendant son temps libre. Il se sentait en fait un peu coupable d'avoir été difficile à vivre quand ils se retrouvaient.

Elle lui jeta un coup d'œil. Il se sentit embarrassé de la regarder sans cesse. Son visage se transforma en un sourire et Trevor détourna les yeux. Il dût recentrer son attention sur le PDG et l'histoire de Santin. Sam posait quelques questions de clarification et cela contribua à accélérer le rythme de la réunion. Trevor luttait contre l'envie de consulter ses mails ou ses SMS sur son téléphone…ou de regarder Mandy. Il ne voulait pas la reluquer comme l'avait fait l'autre membre du conseil. Elle ne méritait pas ça. C'était une professionnelle accomplie. Elle l'avait largement prouvé. De plus, elle était incroyablement flexible pour s'adapter à l'emploi du temps de Trevor. Elle apprenait et pensait vite.

En plus de tout cela, elle avait les compétences en arts martiaux dignes d'une championne de MMA, ce qui la rendait extrêmement attirante. Il ne voulait pas lui manquer de respect en pensant à elle comme ça, mais il sentait qu'il était définitivement attiré par elle : à tort ou à raison ? C'était techniquement une collègue.

Cependant, il savait qu'elle était divorcée et ne voyait personne.

Bien qu'il ne l'ait pas vue utiliser une arme à feu, il était tout à fait sûr de ses compétences en la matière, c'était également une excellente conductrice. Elle conduisait la voiture et évoluait dans et hors de la circulation sans problème tout en discutant calmement avec lui. Elle avait certainement suivi les cours d'une de ces écoles de conduite où l'on apprend la conduite sophistiquée comme il l'avait vu dans les films. La façon dont elle se déplaçait, sportive, toujours en équilibre correspondait aux capacités motrices dont elle avait besoin pour son travail de garde du corps. Elle était douée pour tout.

Il se demandait également à quoi ressemblerait leur séance d'entraînement d'autodéfense au gymnase de l'entreprise cet après-midi. Il était ravi à l'idée d'apprendre quelques mouvements, mais il était plus excité encore d'être simplement avec Mandy. Il en était nerveux car bien qu'il soit athlétique, il était évidemment un débutant en self-défense. Cependant, il n'y avait qu'une seule façon d'apprendre.

Elle était parfois très dure. Elle travaillait dans un secteur dominé par les hommes et les remettait probablement à leur place tout le temps. Trevor se demandait combien de fois elle s'était présentée pour un travail comme celui de cette semaine, devant un client déçu de se trouver en face d'une femme. Tout comme lui lundi. Il se donnerait des claques ! Quel crétin. Il devrait aussi s'excuser pour cela.

Frederick joua un rôle déterminant dans la touche finale de la proposition de H et K.

Trevor était heureux d'être là. Il fit sa part et il sentit que l'ambiance de la salle était bonne, la réunion allait dans la bonne direction. C'était parfait comme ça car tout ce qu'il voulait maintenant c'était sortir de la salle de réunion. Finalement, les membres du conseil d'administration de Santin acceptèrent de confier les travaux à H et K et tout fut finalisé. Des poignées de main et des adieux furent échangés. Frederick s'apprêtait à partir, Trevor et Mandy sortirent à leur tour pour regagner le trottoir très fréquenté et rejoindre leur voiture.

Trevor rompit le silence.

- Tout d'abord, je veux savoir comment vous avez eu cette cravate.

- La deuxième cravate ?

- Ouais, elle est sortie de nulle part. C'était de la magie. Comment avez-vous fait ?

- J'ai toujours des accessoires supplémentaires.

- Attendez, Des accessoires ? au pluriel ? Vous en avez plus d'un ?

- Oui, j'ai apporté deux cravates supplémentaires pour vous. Deux couleurs différentes, donc j'avais le choix en fonction du costume que vous porteriez ce matin.

Elle écarta le revers de sa veste, révélant une autre cravate pliée dans sa poche intérieure. Cette femme avait vraiment poussé le concept de préparation à l'extrême.

- Pourquoi vous encombrer de cravates supplémentaires ?

- Simplement au cas où un cadre maladroit renverserait du café sur sa cravate juste avant une réunion importante où il est crucial d'avoir l'air impeccable.

- Sans blague ? Je ne peux pas croire que vous pensiez à ça. Vous êtes littéralement prête à tout, n'est-ce pas ?

- J'aime à le penser. C'est mon travail de vous protéger. Non seulement contre des hommes armés et fous, mais aussi pour gérer des incidents embarrassants. Vous ne pouvez jamais avoir trop de plans de sauvegarde. Par exemple, si vous ruiniez toute votre chemise, vous vous retrouveriez démuni si vous êtes seul. L'une des premières fois ou j'ai pu comprendre l'utilité de prévoir des accessoires c'était lors d'une protection d'un PDG d'une grande société de courtage. J'étais là avec deux collègues, l'un d'eux était mon patron : John Miller. J'étais nouvelle dans ce boulot de protection de cadre et j'étais plutôt concentrée sur mon arme, mes compétences en jiujitsu et ma conduite. Lors d'un banquet, le PDG devait monter et prononcer un discours après le repas. Nous étions dans les coulisses et nous avons remarqué que le PDG, avait de la sauce brune partout sur sa cravate, et je dis bien partout. Mon patron l'a arrêté juste avant de monter sur scène, a sorti une cravate de sa poche et l'a nouée au cou du PDG. Le PDG était impressionné. Et moi aussi. C'était un détail incroyable que je n'ai jamais oublié. Alors, j'ai commencé à faire pareil, juste au cas où. Et aujourd'hui, c'était la première fois.

- Au cas où ?

- Ouais, juste au cas où.

Trevor secoua la tête et sourit.

- Je voulais dire que je suis désolé. Il changeait de sujet.

- Pourquoi ?

- Pour avoir été un vrai goujat la première fois que nous nous sommes rencontrés lundi.

Mandy ricana.

- D'où vous tenez cela ?

- Je voulais juste dire que je n'avais pas la meilleure opinion de vous lorsque nous nous sommes rencontrés et je m'excuse de tout ce que j'ai dit ou pensé. J'ai été nul !

- Il n'est pas nécessaire de s'excuser, mais j'apprécie le geste. Excuses acceptées.

- Je veux dire... je ne devrais probablement pas vous dire ceci mais...

- Mais quoi ? demanda Mandy. Maintenant, il la rendait curieuse.

- Eh bien, ce premier jour, j'étais déjà un peu stressé à cause de de la semaine qui s'annonçait et puis... l'attaque de la veille... j'étais juste... un peu...

- Vous bégayez, A quoi pensez-vous ? l'attaque d'hier soir ? Êtes-vous perturbé à cause de cela aussi ?

- Non, je m'habitue actuellement à être attaqué. Grâce à vous, il est beaucoup plus facile de ne pas craindre d'être agressé lorsque je vous ai à mes côtés tout le temps. Mais revenons à lundi.

- Oui, à lundi... quoi ?

- Eh bien, encore une fois, je veux m'excuser. J'ai peur depuis le matin après notre première rencontre : j'ai malheureusement appelé Sam et lui ai fait part de mes préjugés envers vous. Je croyais sentir que vous et lui alliez vraiment fiche en l'air une semaine importante pour moi. J'ai dit au téléphone des choses dont je ne suis pas fier.

- Vous voulez parler de cet appel téléphonique où vous disiez qu'une fille d'un mètre cinquante ne pouvait vous protéger ?

Trevor s'arrêta dans son élan et se tourna vers elle. Mandy s'arrêta elle aussi, regardant tout autour, particulièrement méfiante envers les gens qui s'approchaient d'eux. Elle savait ! Comment l'avait-elle su ?

- Oh merde. Sam vous a tout raconté... Mandy, je suis vraiment désolé.

Elle se mit à rire.

- Non, il ne m'a rien dit, juré.

- Alors, comment avez-vous...

- Je me trouvais dans son bureau et il avait son téléphone sur haut-parleur. Elle croisa les bras et lui fit son plus beau sourire. Jamais il n'en avait vu un si beau.

- Tout simplement ?

- Ouais, j'étais là. Et juste pour mémoire, je mesure un mètre soixante-cinq, merci beaucoup. Elle regarda une fois encore par-dessus son épaule. - Allez, continuons d'avancer !

Ils marchèrent silencieusement. Trevor était encore un peu choqué.

- De toute évidence, après votre démonstration hier soir, je n'avais aucune idée des compétences que vous possédiez. Vous êtes incroyable. Je n'ai jamais été aussi impressionné par quelqu'un. J'ai déjà jugé d'autres personnes prématurément et, je sais, ce n'est clairement pas professionnel de ma part.

- Excuses acceptées, j'ai dit.

- Attendez une minute, vous avez tout entendu ? Cela voudrait dire que vous avez entendu. . .

- Oui, c'est vrai. J'ai tout entendu.

- Même. . .

- Oui, j'ai perçu le dédain et l'irritation envers moi dans votre voix. Et je vous ai entendu me qualifier de...je crois...comment avez-vous dit déjà ? Elle le regardait avec une expression sérieuse. Une minette allumeuse, c'est ça ?

Il ne se souvenait pas d'un seul moment où il avait été plus embarrassé.

- Mandy, je suis vraiment désolé.

A nouveau, elle laissa échapper un petit rire. Elle appréciait cependant qu'il se sente un peu mal à l'aise.

- Je ne voulais pas, je veux dire, oui, mais moi...

- Ah, c'est bon, tout va bien. Vous n'avez pas à vous excuser de quoi que ce soit.

- Si, je suis vraiment gêné.

- J'ajouterais que dans toutes les réunions et salles de conseil de haut niveau où je vous ai vu prendre le contrôle, Je vous ai trouvé très efficace... Est-ce que vous allez bien ?

Elle souriait toujours.

- Je veux dire, c'était nul de ma part de parler de vous comme ça, en plus, à mon patron... Attendez une minute. Vous étiez dans la pièce tout ce temps ? Pourquoi Sam ne m'a rien dit ? Pourquoi Vous n'avez rien dit ?

- Peu importe, ce qui s'est passé est passé, ne vous inquiétez pas.

- Je suis minable, je ne le pensais pas ce que je disais, je veux dire le fait de dire que vous n'êtes pas capable...je...tu...Vous êtes belle...

- Et si vous arrêtiez un peu de parler avant de vous créer d'autres soucis ? Vous auriez dû voir l'expression sur le visage de M. Frederick. Il pensait qu'il allait avoir un procès entre les mains.

Trevor ne pouvait pas y croire. Cela aurait été si facile pour elle de le faire licencier après ça. Il n'en revenait pas qu'elle soit au courant de tout ça et depuis tout ce temps. Son affection pour elle avait tout simplement augmenté. Incroyable comme elle avait su rester professionnelle toute la semaine. Même après un début de leur relation comme ça. Qu'a-t-elle dû penser de lui ?... Une minute : A-t-il vraiment pensé l'expression « leur relation » ?

Ils étaient proches de la voiture. Le regard de Mandy décrivait des cercles tout autour d'elle. Trevor copia son attitude, il devrait lui aussi commencer à prendre plus soin de son entourage. Peut-être que cela l'aiderait dans son travail.

- Je n'ai pas été traité de petite minette depuis un certain temps, dit Mandy en ouvrant la portière. C'est plutôt agréable d'entendre ça. Elle maintenait la portière ouverte. Trevor fit une pause et essaya de comprendre son expression. Elle sourit et roula des yeux. - Entrez, c'est l'un de ces goulets d'étranglement que vous connaissez.

- D'accord, désolé.

Il s'assit et elle claqua la portière derrière lui. Il la regardait marcher et faire le tour de la voiture. Elle regardait toujours par-dessus la carrosserie. Cette femme n'oubliait rien, elle semblait avoir la totale maîtrise de ce qui se passait autour d'elle à tout moment. Chaque jour, il en apprenait un peu plus sur elle. Aujourd'hui, il était bouleversé. Au cours des dernières vingt-quatre heures, non seulement il avait pu vérifier qu'elle était assez forte pour désarmer et capturer un méchant, mais elle avait aussi la prévoyance et les moyens d'apporter une cravate de secours, juste au cas où il en aurait besoin. Ce niveau de rigueur était incroyable. Certains détails importaient à certaines personnes : les petites choses comme porter la bonne cravate ou ne pas porter de cravate tachée avait son importance pour des gens comme ceux qui faisaient partie du conseil d'administration de Santin. Il se demandait si Mandy n'avait pas réellement contribué au succès de la réunion. Elle l'avait probablement fait. Il le savait.

En plus de tout cela, elle avait suffisamment confiance en elle et en son rôle pour que même après avoir été totalement ridiculisée et insultée le premier jour, elle continuait à travailler et à le traiter avec respect. Elle aurait eu le droit de l'appeler, de démissionner, ou de le poursuivre en justice pour avoir été traitée comme ça. Tout ce qu'il avait appris sur elle la rendait plus intéressante. Elle ne ressemblait à aucune femme qu'il connaissait auparavant. Oui, c'était certain : Trevor Wilson était absolument et totalement fasciné par Mandy Hunter. Et il aimait ça. C'était comme ça. Il ne se rappelait pas d'un moment où il s'était senti plus embarrassé. Il n'y avait pas beaucoup d'occasions où il était resté sans voix, mais c'était l'une d'entre elles.

Chapitre 16

JEUDI 12H21

Trevor était resté inactif tout le long du trajet retour au bureau. D'habitude il était sur son téléphone la plupart du temps. Elle n'aurait probablement pas dû jouer cette dernière scène avec une telle attitude, mais elle n'avait pas pu s'en empêcher. Au fond Elle n'était pas mécontente de le voir enfin un peu mal à l'aise. Elle avait l'impression d'avoir marqué un point et elle appréciait ce petit sentiment de supériorité. Mais elle n'allait pas le dominer trop longtemps, c'est pourquoi elle avait dû ajouter ce dernier mot sur le fait qu'elle aimait qu'il la traite de minette. C'était amusant et même un peu affectueux, mais cela le ne l'avait pas mis plus à l'aise.

Elle avait besoin de trouver un bon endroit pour s'arrêter et déjeuner à proximité. Elle se souvenait d'un petit centre commercial à proximité du bureau qui abritait l'un de ces restaurants : Noodle Bar.

- Que diriez-vous de manger au Noodle Bar ? C'est rapide et c'est tout proche.

- Ouais, je n'ai pas mangé là-bas depuis un moment, ça me semble parfait.

En arrivant, elle fit le tour du parking avant de choisir un emplacement relativement proche de la porte et se gara en marche arrière, comme toujours. Le Noodle Bar était un endroit décontracté, le service rapide, la nourriture locale. Ils firent la queue, commandèrent et s'installèrent à une table dans le coin. Mandy pu s'asseoir face à la porte vitrée. Cela lui donnait une vue panoramique à la fois sur toutes les entrée et sorties et sur leur voiture.

Trevor s'assit en face d'elle et commença à piquer son bol de nouilles au bœuf. Elle avait choisi le bol de boulettes de viande mostaccioli.

- Puis-je vous poser une question personnelle ? demanda Trevor.

- Osez toujours, je déciderai si je réponds ou non une fois que vous aurez demandé.

- C'est d'accord. Et je comprendrai parfaitement si vous ne voulez pas répondre.

- Bon deal, je suis curieuse maintenant. Elle avait pris une bouchée de ses nouilles.

- Qu'est-ce qui vous a donné envie de rejoindre la CIA ?

Elle hocha la tête en signe de reconnaissance.

- Où avez-vous trouvé ça ?

- C'était sur votre CV. Gloria me l'a fait suivre.

Elle termina sa bouchée.

- J'ai pensé à rejoindre l'armée à mes débuts, j'étais

patriotique et tout ça. J'ai terminé l'université et j'ai passé un test d'aptitude. Je m'intéressais à l'application de la loi, alors j'ai commencé à me pencher sur les agences fédérales. La CIA est la plus importante et j'ai postulé. J'avais aussi postulé auprès de deux agences fédérales différentes. Mais la CIA est celle qui me convenait le mieux.

- Sérieusement, juste comme ça ?

- Juste comme ça, c'est comme ça que j'ai débuté de toute façon.

Trevor prit une autre bouchée et réfléchit en mâchant.

- Je suppose que vous ne pouvez pas en parler beaucoup mais je suis vraiment curieux. Je veux dire, quel genre de travail faisiez-vous là-bas ? Je sais que travailler pour la CIA peut signifier un tas de choses différentes.

- Oui c'est vrai. Et ce ne sont pas que fusillades et des coups de poignards comme dans les films d'action. J'ai participé à beaucoup d'entraînements sympas, c'est sûr, mais une grande partie de mon boulot était de nature standard.

Elle avait raconté cette histoire une centaine de fois et de plus d'une douzaine de manières différentes, en fonction de la personne qui la demandait. Là, elle n'avait pas à trop se cacher pour Trevor, car il était simplement son employeur. Mais elle ne serait toujours pas en mesure de tout expliquer. Il y aurait toujours des parties de son passé et de son travail qui seraient difficiles à expliquer.

- Après avoir obtenu mon diplôme de formation, j'ai passé deux ans au bureau du siège en Argentine, des trucs d'entrée de gamme. Ensuite, j'ai passé deux ans sur le terrain à Vienne. Après cela, j'ai travaillé dans des bureaux au Caire, à Kaboul et au Maroc. Puis j'ai occupé des postes de prise d'infos au sein du personnel d'ambassades pendant plus de dix ans.

C'était la version agréable et professionnelle : pas de mensonges mais beaucoup de trucs génériques de base. Elle avait répondu de la manière exacte qui lui avait été enseignée, en nommant un certain nombre de pays différents pour lui donner de nombreuses options s'il posait des questions complémentaires.

- Hmm… Il finit sa bouchée. - …c'est beaucoup d'endroits différents.

- Ouais, ils vous déplacent souvent. J'ai aimé voyager et j'ai aimé voir tous ses lieux si variés. Mais bouger autant et dans tant de pays c'était vraiment un enfer pour sauver un mariage.

- Avez-vous dû apprendre à chaque fois toutes les langues ?

- Non, pas vraiment. Du moins pas à un niveau élevé pour chacune de toute façon. Il faut toujours avoir un certain niveau des langues locales. J'étais assez douée pour les langues. Je parle presque couramment l'arabe et le pachto. Mais dans de nombreux pays, il est surprenant de voir à quel point vous pouvez-vous débrouiller avec seulement l'anglais. Même dans des endroits comme l'Ouganda, le Kenya et des pays d'Afrique, l'anglais est l'une des langues officielles.

- Sans blague ? Et vous n'étiez qu'une analyste ou une employée ennuyeuse ou quelque chose comme ça ?

Elle savait où il voulait en venir. Elle ne voulait pas mentir mais elle devait aussi minimiser son passé. Ce n'était pas le moment de se lancer dans tout cela et elle n'avait pas le temps aujourd'hui de le mettre plus au courant. La plupart des gens avaient des idées préconçues sur la CIA. Certaines personnes avaient des convictions politiques à ce sujet et elle ne savait pas très bien où Trevor se situait.

- Ouais, je travaillais principalement dans des ambassades. J'ai bien peur que vous ne trouviez pas ça très glamour.

- Je vois. Mais vous n'avez pas pris votre retraite, vous êtes partie ?

Il avala une autre bouchée.

-Oui, parfois vous empruntez une route et vous vous rendez compte que vous n'êtes pas au meilleur endroit. C'était bien de ne plus travailler pour le gouvernement et de passer dans le secteur civil.

Elle enfourna une autre grosse bouchée en espérant que cela pourrait lui faire gagner du temps pour formuler une réponse à sa prochaine question.

- Comment êtes-vous devenue garde du corps ? Ou agent de protection exécutif, je veux dire ?

- J'ai fait beaucoup de missions de protection de l'exécutif pour le gouvernement. La sécurité c'est toujours en grande partie ce que nous faisions dans de nombreuses ambassades dans lesquelles j'ai travaillé. J'ai simplement posé une candidature sur Internet. C'était l'un des rares emplois pour lesquels j'étais qualifiée et je me suis immédiatement intégrée à l'industrie. Cela a commencé comme quelque chose pour payer les factures jusqu'à ce que je trouve un vrai travail. Puis c'est devenu mon job. J'ai reçu une formation supplémentaire et j'ai eu la chance de décrocher un emploi avec John et me voici.

- Puis-je vous demander pourquoi vous avez reçu la médaille du mérite de la CIA en matière de renseignement ?

Elle savait que cela arriverait.

- C'était juste un de ces prix, beaucoup de gens l'obtiennent. Je travaillais avec un ambassadeur en Turquie qui avait du mal à se procurer pour certains de ses représentants politiques les justificatifs nécessaires pour traverser la frontière. J'étais assez douée sur le plan administratif et je connaissais les bonnes personnes, j'ai tiré quelques ficelles et j'ai pu, de manière créative, transmettre leurs documents à ces personnes juste à temps et tout a fonctionné.

- Vraiment ?

Ce qu'elle avait dit était vrai bien sûr, mais parfois les mots et définitions utilisés à la CIA étaient un peu différents de ceux du public. Il n'avait pas besoin de savoir que quand elle disait «de manière créative », elle parlait de faux documents. « Tirer quelques ficelles » signifiait distribuer des pots-de-vin aux responsables militaires. « Traverser la frontière » signifiait les faire entrer clandestinement. Elle avait donc pu révéler la vérité de manière créative. Elle n'aimait vraiment pas parler d'elle-même. Elle espérait que cela suffirait à satisfaire sa curiosité. Mais il valait toujours mieux finir par une question pour reprendre le contrôle des conversations.

-Et vous ? Comment en êtes-vous arrivé au design et à vous hisser si haut dans l'échelle alors que vous êtes encore si jeune ? Elle se rassit, posa son verre et l'étudia pendant qu'il parlait.

- Oh, je ne sais pas. Ce n'est pas aussi excitant que de voyager à travers le monde et de maîtriser les langues. Il posa sa fourchette. - J'ai obtenu mon baccalauréat puis ma maîtrise en architecture. J'ai pu faire un stage chez H and K alors que je travaillais encore sur mon master. J'ai participé à la réalisation d'une grande variété de projets différents et ils m'ont engagé tout de suite. J'étais l'un des chanceux qui avaient un emploi qui m'attendait à peine diplômé.

- C'est bien !

- Oui, j'ai eu la chance d'avoir de bons mentors et un bon timing pour décrocher des promotions précoces. J'ai toujours pris mon travail au sérieux et j'essaie de terminer les contrats dans les délais et en respectant le budget.

Tout comme sa propre réponse, elle savait qu'il y avait beaucoup de détails qu'il ne partageait pas dans le but de ne pas l'ennuyer.

- Alors, préférez-vous le côté design ou plutôt l'aspect technique de l'entreprise ?

Il haussa les épaules.

- J'aime les deux, mais je me suis d'abord tourné vers le design et au fil du temps, du côté de la gestion. Parfois, vous ne trouvez pas ce pour quoi vous êtes vraiment bon tant que vous n'êtes pas allé un peu sur le terrain.

Mandy hocha la tête. Elle en savait beaucoup trop sur le plan expérientiel. Trevor termina sa dernière bouchée et elle replia sa serviette sur son bol.

- Eh bien, nous avons beaucoup de temps avant la rencontre avec M. D'Oria. Devrions-nous retourner au bureau ?

- Oui allons-y.

Chapitre 17

JEUDI 13H43

Mandy sortit du vestiaire. Elle rangeait toujours son équipement d'entraînement dans sa voiture, juste au cas où. Elle entra dans la petite salle de sport de l'entreprise. Appeler cet endroit un gymnase serait un peu exagéré. Il y avait une petite zone feutrée, un développé couché et un rack d'haltères, trois tapis roulants et quatre machines elliptiques. Et il y avait une télévision devant chaque machine. Trop de technologie. Ses instructeurs lui avaient appris que tout ce dont vous aviez besoin pour un bon entraînement était le sol et la gravité. Pas un tas de machines et de télévisions. Il y avait un homme plus âgé qui marchait sur l'un des tapis de course, des écouteurs sur les oreilles.

Elle avait gardé son t-shirt par-dessus son anti-transpirant car elle était un peu inquiète à propos de cette séance privée. Trevor émergea du vestiaire des hommes en short, t-shirt propre et chaussures de sport, comme s'il était prêt pour une partie de basket-ball.

Mandy s'assit sur le tapis et commença à étirer ses épaules en tirant un bras puis l'autre sur sa poitrine.

- Alors, comment pouvons-nous commencer ? demanda Trevor.

- Eh bien, pourquoi ne pas vous étirer d'abord. Je ne veux pas réellement blesser mon client alors que je suis censée le protéger. Parlons des principes fondamentaux du combat. Mandy continua à s'étirer en resserrant ses jambes et en touchant ses orteils.

- Et quels sont les principes fondamentaux du combat ?

- Une façon de voir les choses est la puissance physique et le poids, et la taille.

- Ok, comment ça ?

- En général, plus une personne est grande et forte, plus elle a de chances de gagner.

- Ça a du sens.

Trevor se leva et essaya de toucher ses orteils, mais n'y parvint pas. Mandy tordit le haut de son corps d'un côté à l'autre.

- Donc, une personne plus petite doit se concentrer sur le positionnement, l'effet de levier et la technique si elle est confrontée à un adversaire plus grand.

- Qu'entendez-vous par positionnement ?

- Prenez l'incident d'hier. Ce mec pesait facilement cinquante kilos de plus que moi, il était bien plus grand.

- Oui.

- Alors, comment l'ai-je battu ? Mandy tourna la tête pour masser son cou.

- Il vous a foncé dessus et vous avez utilisé son poids contre lui et vous l'avez plaqué.

- Ouais, il y avait un peu plus que ça.

- Comment ça ?

- Comme : identifier le danger, évaluer la distance, choisir de ne pas tirer mon arme, provoquer le corps à corps, placer mes pieds pour préparer la prise arrière, puis effectuer un contrôle du bras de torsion et garder ma base, mais puisqu'il était de grande taille, je l'ai laissé se mettre à genoux pour que je puisse le prendre par le dos et lui faire une clé arrière complète pour le désarmer.

Mandy avait prononcé autant de mots que possibles pour noyer son discours, même si cela paraissait exagéré. Elle avait juste obtenu le regard ébahi, les yeux écarquillés, la bouche ouverte de Trevor. Sa mâchoire tomba presque. Ses lèvres boudèrent et il hocha la tête.

- D'accord.

- Allez, laissez-moi vous montrer ce qu'il faut faire si quelqu'un vous charge à nouveau comme ça et que je ne suis nulle part.

- Attendez une minute !

Mandy se retourna.

- Quoi ?

Trevor fit une pause.

- Maintenant que j'y pense, pourquoi n'avez-vous pas tiré ? Il avait une arme, non ?

- Ouais, mais ce n'était pas le moment. Il était trop près.

- Trop près pour tirer ?

- Oui, il se déplaçait si vite que je n'ai pas eu le temps. Si j'avais perdu du temps à dégainer mon arme, il m'aurait probablement fauché le premier... Bien que son tacle ne soit peut-être pas aussi efficace que le vôtre.

- Vraiment ?

- Oui, ce n'est pas parce que vous avez une arme à feu que vous devez toujours la dégainer. C'est juste un outil dans la boîte à outils. Vous devez choisir le bon outil pour le bon travail. Maintenant, s'il se tenait là, en train de nous tirer dessus, ce serait différent. En plus, je ne pense pas qu'il allait vous tirer dessus.

- Comment le savez-vous ?

- Sa façon de courir vers nous : s'il avait voulu tirer, il serait simplement resté caché derrière la voiture et nous aurait visés. C'était sa façon de courir pour nous atteindre : je pense que son intention était de nous intimider ou de vous kidnapper.

- Me kidnapper ?

- Oui.

- Vous analysez et déduisez tout ça juste à sa façon de courir ?

Mandy rassembla ses cheveux à la recherche des mèches rebelles pour les remettre en queue de cheval.

- C'est ce que me dit mon instinct. J'ai appris à lui faire confiance. Mais nous ne le saurons jamais vraiment.

- Il devait être assez confiant pour s'attaquer à deux personnes en pleine rue, comme ça.

- Je ne pense pas qu'il s'attendait à devoir affronter deux adversaires. Et certainement pas à ce qu'un des deux le tacle comme ça.

- D'accord. Trevor hocha la tête. - Je ne m'y attendais pas non plus.

- C'est parfois un avantage d'avoir une garde du corps femme. La plupart des méchants ne s'attendent pas à ce que quelqu'un comme moi leur rende des coups.

Mandy se dirigea vers le milieu du tapis. Ce n'était pas très grand, mais cela suffirait pour ce qu'ils devaient faire. L'homme qui marchait sur le tapis roulant les remarqua pour la première fois. Mandy l'ignora.

- Ce que j'ai fait hier soir, c'était de serrer la distance et de décrocher. Comme ça. Faites comme si vous étiez le méchant et je veux vous abattre. Vous restez là.

Elle montra du doigt et Trevor se figea.

- Décomposons cela en une séquence en trois parties. La première chose que je veux faire est de me rapprocher de vous pour que vous ne puissiez pas utiliser votre taille et votre force contre moi puisque je suis plus petite. Alors, je vais entrer comme ça.

Elle leva les mains et agrippa sa taille.

- À présent, j'ai réduit la distance, donc si vous me frappez, vous ne ferez pas trop de dégâts. Vu ?

- D'accord.

- Tout ce que je fais, c'est réduire la distance et me raccrocher. Alors, faites semblant de me frapper.

Trevor tendit la main et essaya de frapper. Il était clair qu'il n'avait pas l'espace nécessaire pour mettre de l'énergie dans ses bras. Mandy recula et répéta le mouvement tout en parlant.

- À votre tour. Je suis le méchant maintenant. Elle se tenait les bras levés comme si elle allait attaquer. « Allez-y, faites semblant d'attaquer.

- Vous êtes le patron, dit Trevor. Il hésita puis se mit en action. Il mesurait environ vingt-cinq ou trente centimètres de plus qu'elle, alors il dut se pencher un peu pour ceinturer sa taille. Il la tint maladroitement autour de sa taille, puis la relâcha immédiatement.

- Bien. Juste comme ça.

- C'est ça ?

- C'est ça. Tout ce que vous avez à faire, c'est raccourcir la distance et vous accrocher à moi, donc cela devient plus difficile pour moi de vous attaquer avec mes bras ou vous blesser avec un couteau ou n'importe quel autre truc. Essayez à nouveau.

Trevor repoussa ses cheveux et tenta à nouveau une attaque. Il la serra un peu plus dans ses bras cette fois. Elle le fit répéter encore quelques fois. Ses mouvements étaient un peu saccadés mais il était athlétique et ses déplacements et la position des pieds étaient bons.

- OK, prochaine étape.

Mandy inversa les rôles, elle tendit la main pour l'attraper au milieu du torse.

- Je vous prends comme ça, comme avant, et maintenant j'ai besoin de vous déséquilibrer. Alors, je vais garder mes mains agrippées et me déplacer vers votre dos comme ça.

Elle fit le tour, le serrant maintenant dans ses bras par derrière. Alors qu'elle se déplaçait, ses mains glissaient sur ses pectoraux musclés puis sur ses abdominaux toniques. Sur sa nuque, son eau de Cologne sentait le bois de santal et la cardamome.

Elle y posa sa tête pendant un moment puis lui serra le ventre. Il laissa échapper un petit soupir et elle lâcha prise pour revenir vers lui.

- Alors, je veux vous garder serré comme cela. Je ne veux pas lâcher prise. Rappelez-vous, vous êtes plus grand et plus fort que moi, vous avez une masse corporelle plus importante, donc je dois vous maîtriser le plus vite possible. Elle recommença les deux mouvements.

- D'accord ? à votre tour.

Trevor hésita à nouveau, s'engagea, l'enveloppa puis se déplaça vers l'arrière. Il répéta plusieurs fois, chaque essai était un peu plus fluide que le précédent.

- La troisième et dernière étape. Je dois vous mettre à terre. Elle se déplaça à nouveau derrière lui et l'attrapa. - Maintenant que je suis derrière vous, la prochaine chose que je veux faire est de vous déséquilibrer. Donc, l'une de mes options est ce que l'on appelle le retrait arrière. Tout ce que je vais faire est de mettre mon pied gauche ici sur votre dos pour que vous ne puissiez pas reculer. Vous sentez ?

- Oui.

- Ensuite, je vais me tenir à votre taille et m'asseoir.

Elle s'assit et cela le déséquilibra. Ils heurtèrent le tapis et Trevor tomba comme prévu, Mandy roula et se retrouva dans la posture technique parfaite : assise sur lui. Ses jambes chevauchaient de chaque côté de sa poitrine. Elle resta assise là pendant une seconde. Elle avait parfaitement exécuté le mouvement. Il n'avait rien à dire. Ses yeux s'écarquillèrent.

- Ça va ?

- Oui je vais bien.

Mandy se leva et lui tendit la main pour l'aider à se relever. Il s'en saisit... et maintenant c'était son tour.

- Comme ça ?

- Oui, attrapez-moi par derrière. Ne soyez pas timide. Maintenant, prenez votre pied gauche et calez-le contre ma colonne. Ouais, juste comme ça. À présent, tenez fermement ma taille, ne bougez pas vos pieds et asseyez-vous tout simplement. Vous n'avez pas à me brusquer, asseyez-vous et ne lâchez pas.

Il fit comme indiqué. Mandy recula et heurta le tapis. Elle utilisa son élan pour accompagner le mouvement de Trevor et l'aida à atterrir sur elle. Ses pieds n'étaient pas en position mais les mécanismes étaient là.

- Voyez, juste comme ça.

Il la fixa. Leurs yeux se rencontrèrent. Sortie de nulle part, Mandy eut une pensée éclair le temps de réaliser à quel point il était mignon. C'était peut-être l'odeur de l'eau de Cologne. Elle se figea avec lui au-dessus d'elle. Cela ne dura qu'une fraction de seconde, mais c'était juste assez long pour que Trevor remarque que son esprit était momentanément passé du mode entraînement à autre chose.

- D'accord, c'était facile.

Il quitta sa position à califourchon et recula. Elle fit un mouvement du dos et s'agenouilla sur ses pieds, puis se leva.

- Je vois, ouais, c'était assez facile.

Il parlait vite et ne voulait pas croiser ses yeux. Elle aussi évitait son regard. C'était juste devenu étrange. Était-ce peut-être une mauvaise pensé ? Trevor avait le regard tourné vers le vieil homme sur le tapis roulant.

- C'était plutôt bien. Mandy s'approcha.

- Ouais, je ne peux pas croire à quel point c'était facile.

Il continuait à rabâcher le même discours. Elle avait l'habitude de combattre avec les hommes. Il n'y avait qu'une seule autre femme au gymnase de jiujitsu qu'elle fréquentait sur Garden Street, et elle n'était que ceinture bleue. Mandy ne luttait pratiquement qu'avec des hommes, presque tous plus grands plus gros plus forts qu'elle, et cela depuis des années. Pour elle, ce n'était pas bizarre de rouler au sol avec un mec. Cependant, elle se rendit compte à quel point cela devait être étrange pour lui d'enrouler ses bras autour d'elle et de la jeter littéralement au sol comme ça. Ces Hommes, ils doivent toujours rendre les choses étranges !

- Voulez-vous réessayer ? proposa Mandy.

Ses deux mains passèrent encore une fois dans ses cheveux.

- Non ça va. Je pense que j'ai compris, je euh… Ses mains allèrent vers le bas de son dos et il grimaça. - Je crois que j'aurais peut-être dû m'étirer un peu plus.

- Est-ce que ça va ?

Mandy fit semblant d'être inquiète. Elle savait que son dos ne lui faisait pas mal. Il essayait simplement de sortir de la situation. C'était juste un mauvais prétexte. Elle se tourna vers le vieil homme qui les regardait. Les gens pourraient se faire une mauvaise idée ? Trevor pourrait se faire une mauvaise idée ? Elle pourrait se faire une mauvaise idée ? Quoi ? Non, pas elle. C'était une professionnelle...

- Oui je vais bien. Je pourrais juste avoir besoin de glace. Trevor recula. - Je pense que ça ira pour aujourd'hui.

- Eh bien, vous avez de bonnes dispositions. Je veux dire : c'était vraiment bien. Surtout pour votre première fois. Elle essayait de ramener la conversation sur un plan plus technique. - Votre jeu de jambes est vraiment bon. Êtes-vous sûr de ne pas avoir pratiqué au lycée ?

- Non, pas de combat. J'étais un joueur de football et de basket-ball.

-Est-ce que cela a du sens pour vous, ces trois étapes ?

- Oui. Sa réponse fut très rapide, elle savait qu'il voulait juste sortir de là.

- Eh bien, je vous retrouve ici, à tout de suite.

Trevor se retourna et courut presque vers le vestiaire. Qu'est-ce que c'était que ça ? Elle avait fait beaucoup de légitime défense et de tactiques avec des gars tout le temps. Elle avait l'habitude de faire des trucs de mec dans un monde de mec. Trevor n'était évidemment pas habitué à lutter avec une femme. Elle ne pouvait pas lui en vouloir, mais à quoi s'attendait-il ? Pensait-il qu'ils allaient juste en discuter ?

Elle retourna aux vestiaires, se changea et retrouva Trevor à l'extérieur. Il était de retour dans son costume sans cravate. Elle le conduisit dans les escaliers et ils retournèrent dans le hall puis remontèrent vers son bureau. Il resta silencieux tout le chemin du retour. Elle ne savait pas non plus quoi dire.

Chapitre 18

JEUDI 18H42

La réunion de M. D'Oria avait été repoussée à 17 heures, ils ne s sortirent de là que bien plus tard. Trevor était affamé. Ils cherchèrent un endroit simple pour manger sur le chemin du retour.

Ils s'assirent dans un restaurant mexicain : aspect décontracté et service rapide. Trevor la laissa prendre le siège face à la porte.

Mandy interrompit sa conversation téléphonique avec ses enfants. Elle détestait devoir couper court avec eux.

-Tout va bien ? Demanda Trevor.

- Oui, très bien.

- Vous avez l'air de bien vous entendre avec vos enfants. Quel âge ont-ils ?

Il s'était fait courtois, et si elle entendait bien ses propos, il était plus qu'à moitié poli.

- Troy a six ans et Nathan en a quatre.

- Deux garçons, wow. Ça doit être amusant ?

- Ouais, apprendre la propreté, ne pas écrire sur les murs, éviter de s'enfoncer des objets dans le nez. C'est une vraie fête.

Trevor rit. Il fit à nouveau ce sourire authentique. Pas le faux. Il avait l'air de vouloir dire quelque chose, puis il y réfléchit mieux et prit un verre d'eau. Quelque chose trottait dans son esprit.

- Mais je les adore. Ce sont les plus beaux cadeaux que la vie m'a faits. Elle prit son téléphone et fit défiler jusqu'à la dernière photo d'eux en train de prendre leur petit-déjeuner. Ils saluaient la caméra, leurs visages enduits de sirop.

- Les voici. Elle brandit son portable pour montrer à Trevor. Ses yeux s'illuminèrent.

- Oh, regardez celle-là. Les deux sont superbes. Mandy pointa du doigt.

- C'est Troy et c'est Nathan.

- Vous avez de la chance. Ils ressemblent à de grands garçons.

Pourquoi ce discours sur la famille tout d'un coup ? Son visage changea lorsqu'il avait regardé la photo. Il lui fit le plus grand sourire qu'elle ait jamais vu alors qu'il penchait la tête pour mieux les voir.

- Vous, vous avez des enfants ?

- Non. Il sembla rassembler ses pensées avant de poursuivre. - Beth et moi voulions avoir des enfants mais, mais euh, nous ne l'avons jamais fait.

Beth, Beth était le nom de son ex-femme. Elle n'avait jamais demandé ça non plus. Trevor était un humain après tout, pas seulement un client. Elle devrait probablement poser des questions sur son ex. Peut-être qu'ils pourraient même créer des liens en se plaignant en chœur de leurs ex.

- Alors, vous n'avez jamais eu d'enfants ?

- Non.

- Pourquoi pas ?

- Juste... Je n'ai pas eu le temps.

- Avez-vous encore des contacts avec votre ex-femme ?

- Comment ? Il commença à prendre une gorgée de son verre d'eau puis s'arrêta.

- Votre ex-femme ?

Son regard semblait vide, les muscles de sa mâchoire se contractèrent, puis il déglutit et baissa les yeux. Oh zut. Sans le vouloir, Mandy venait de donner un coup de pied royal dans la fourmilière des souvenirs. Elle reconnaissait le chagrin sur le visage d'un homme quand elle le voyait. Zut et zut ! Que j'aille au diable. Pourquoi avait-elle supposé qu'ils étaient divorcés ? En un éclair, elle essaya de se souvenir de toutes les informations sur Trevor. Il n'avait jamais dit une seule fois qu'ils étaient divorcés. Il ouvrit la bouche pour parler.

- Non, euh. . .nous n'avons pas divorcé. Beth est décédée d'un cancer du sein il y a quatre ans. Il reprit son verre.

La façon dont il avait dit ça fit s'arrêter le cœur de Mandy. Il s'était livré avec un sérieux, une force et une honnêteté parfaites.

- Trevor, je suis vraiment désolée. Je ne voulais pas. . .

- Non c'est bon.

- Non, je ne sais pas pourquoi j'ai supposé que vous étiez divorcés. Je suis vraiment désolée.

- Tout va bien, Mandy. Je vous jure. Ce n'est pas la première fois que j'en parle. C'est bon pour moi d'en parler. Il y avait de la tristesse dans sa voix, mais il y avait aussi une force qui l'accompagnait. - Nous nous sommes rencontrés à l'université. Ça date d'il y a pas mal d'années. Je me suis marié il y a sept ans. Mariage en grandes pompes et tout le reste. Elle a toujours voulu un mariage classe. Il se retourna à moitié et regarda le reste de la pièce. Dieu ! Qu'elle était belle. Euh...et puis elle a remarqué une grosseur vers la quatrième année. Elle l'a combattue. Il pressa ses lèvres l'une contre l'autre et acquiesça. - Elle était forte, vraiment forte. Il fit une nouvelle pause. Son visage restait impassible.il semblait être d'une structure solide comme l'acier. Et pendant un bref instant, Mandy vit les débuts d'une lueur dans le coin de l'œil. - La vie, ça va ça vient, vous savez. C'était dur, je ne vais pas mentir. Mais euh, vous apprenez doucement à passer à autre chose.

Mandy ne savait pas quoi dire. Devait-elle en demander plus ? Voulait-il se confier ? Elle n'en savait rien. Elle secoua la tête et baissa les yeux avec tristesse et embarras.

- Malheureusement, j'ai parfois trop de CIA en moi-même et je ne réfléchis pas avant de parler. En plus je fais des suppositions stupides.

Pourquoi regardait-il vers le bas ? Il regardait leurs mains, pourquoi ? Elle baissa les yeux et découvrit que sa propre main s'était instinctivement posée sur la sienne pour le réconforter. Elle la retira.

- Je suis une idiote. Trevor leva sa paume.

- Pas besoin de s'excuser. J'ai compris. Sérieusement, ce n'est pas si grave. Bien sûr, c'était dur. Des trucs comme ça le sont toujours. Les choses difficiles de la vie peuvent vraiment vous faire sortir du chemin. Mais c'était il y a quatre ans. Je suis adulte, je peux le supporter.

Il prit un autre verre. Ils étaient tous les deux nerveux. Ou peut-être était-ce des vagues de tristesse ? elle ne pouvait pas le dire avec certitude.

-Vous savez, ça a l'air stupide, mais vous me rappelez beaucoup Beth.

Si son cœur avait encore un éclat de vie à ce moment-là, il était sûrement transpercé maintenant. Elle le regarda à nouveau. Il fixait la table, à quelques centimètres de son visage. Elle sentit les larmes monter. Elle se détourna en clignant des yeux. Poussez-la, repoussez l'émotion, gardez-la à l'intérieur de vous-même. Les émotions sont pour plus tard. Elle se tamponna les yeux avec son petit doigt avant que les larmes ne fassent couler son eye-liner. Il fixait toujours la table, il n'avait rien vu.

- Je veux dire, vous ne lui ressemblez pas. Il s'assit et fit machine arrière. - Je veux dire, ... vous lui ressemblez en quelque sorte, mais... Il s'éclaircit la gorge. Que voulait-il dire ? - Je veux dire que c'était une combattante vous comprenez ? Et têtue. Elle a été assez solide pour me supporter toutes ces années. Eh bien, nous avons eu quelques années heureuses, c'était super.... Elle était comme vous : têtue, combative.

- Vous dites que je suis têtue ? dit-elle avec un sourire, essayant de se débarrasser du nuage de tristesse dans lequel ils étaient tous les deux tombés.

Il sourit.

- Oui, en fait, je maintiens. Vous êtes têtue.

- Non, je ne suis pas têtue. Elle se redressa en simulant une offense.

- Oh si ! Je parie que vous pourriez gagner une dispute en survivant à une brique. Il rit.

- Bon sang qu'est-ce que ça veut dire ? Maintenant, elle riait franchement. C'était mieux que de pleurer. Le rire s'arrêta. Elle n'avait aucune idée de qui était Trevor Wilson, Monsieur téléphone Wilson, téléphone Trevor, Trevor était veuf. Il avait connu l'enfer

- Je ne vais pas rester assis ici à vous raconter à quel point la vie est parfois difficile. Je sais que vous aussi avez connu votre part de galères à la CIA. Je ne fais pas semblant. . .

- Non, ne dites pas ça. Tout le monde a connu des moments difficiles. Vous n'avez pas besoin de comparer les vôtres aux miens, croyez-moi, je n'ai jamais eu à traverser quelque chose d'aussi difficile que cela. Je n'ai pas euh, juste…

- Que voulez-vous dire ?

- Je vous admire vraiment, euh, vraiment. Elle acquiesça. Elle était vraiment impressionnée par son courage. - Je suis sincère, c'est une chose difficile... et d'en parler calmement… Je suis désolée d'en avoir parlé comme je l'ai fait.

Ce vendeur qui avait consacré toute sa vie et son énergie à son travail, ce que Mandy pensait auparavant lui semblait à présent dénué de sens. À quel point avait-elle eu tort ! Pourquoi était-elle passée à côté ? Pourquoi se forçait-elle à toujours trouver un côté sombre chez les gens ? Peut-être parce que tant de gens avaient essayé de la tuer ? C'était une excuse et elle le savait. Non seulement elle supposait et se persuadait qu'il était divorcé, mais elle se souvenait avoir pensé qu'il avait dû tromper sa femme et que c'était pour cela qu'ils avaient divorcé. Elle n'avait pas besoin de consulter son diplôme en psychologie pour se rendre compte qu'il y avait en elle une blessure qui devait encore être réparée. Merde, elle projetait sa propre douleur sur lui.

Les gens sont toujours complexes. Les humains sont constitués de couches. Il faut du temps pour les voir et les explorer. Et on ne peut probablement jamais connaître toutes les couches, mais elles sont là. C'était un homme travailleur, et grâce à son travail il essayait probablement de se débarrasser de la douleur dans son cœur, provoquée par la perte de sa femme et d'enfants qu'ils n'avaient jamais eus.

- Mandy, vraiment. Ça va.

Il était honnête. Elle pouvait le lire dans ses yeux. Il y avait une tristesse. En les regardant maintenant, elle vit un côté de Trevor Wilson dont elle ignorait l'existence. Elle aimait cette nouvelle version de Trevor. Elle voulait en connaître plus, de lui, de ce vrai Trevor. Elle avait de la compassion pour lui. Elle se demanda quel genre de mari il avait été, quel genre de père il aurait pu être.

Puis, elle remarqua ses yeux changer comme s'il se transformait intentionnellement en ce Téléphone Trevor qu'elle avait l'habitude de côtoyer. Elle réalisa pourtant qu'il n'avait pas regardé son téléphone pendant toute la conversation. C'était une première. Cela devait se compter en minutes ! C'était un record.

- Voilà pour vous.

Le serveur s'avança avec deux assiettes garnies. Il arrivait au bon moment. Dieu merci ! Mandy avait faim et elle voulait cesser de penser à la compassion et à l'émotion. Le repas était délicieux et ils poursuivirent leur conversation sur des sujets plus légers et sur des choses insignifiantes.

Chapitre 19

JEUDI 21H07

Il faisait déjà nuit quand ils rentrèrent à l'hôtel. Elle avait réussi à mener Trevor à l'heure à toutes ses réunions cette semaine et ils n'avaient qu'une réunion sur l'emploi du temps de demain. Elle pouvait ressentir leur soulagement à tous les deux une fois entrés dans le hall. Trevor regarda vers le bar de l'hôtel : c'est de là que provenait la musique et l'agitation. Il hésita comme s'il voulait y aller.

- Vous voulez boire quelque chose ? demanda Trevor.

- Non, ça va. Mais je vous suis si vous voulez.

Trevor sourit et secoua la tête.

- Allez, je vous offre un verre.

Mandy ne résista pas. Elle était encore bien réveillée malgré le rythme effréné de la journée d'aujourd'hui. Et en plus, elle n'avait pas vraiment son mot à dire en la matière. En quelques minutes, elle se retrouva assise à une table libre à l'autre bout du bar. Le barman s'approcha.

-Whisky-coca pour moi, dit Trevor. - Que prenez-vous, Mandy ?

- Je vous remercie. Juste un verre de coca pour moi.

- Quoi, allez !

- Je suis toujours en service.

Il hocha la tête pour comprendre.

- C'est vrai, j'oublie parfois.

Il prit place sur le tabouret à côté d'elle. Ce n'était pas la meilleure place car son dos était un peu trop exposé à la pièce, mais elle pouvait au moins encore surveiller l'entrée. Le barman plaça leurs boissons devant eux. Mandy but une gorgée de coca juste pour sauver les apparences. L'écran plat derrière le bar retransmettait un match de basket.

Trevor se tourna vers l'écran et se moqua.

- Regardez ça, Miami mène déjà de vingt points.

- Vous pensez qu'ils vont encore gagner cette année ?

- Je ne sais pas. Probablement, ils sont tellement dominateurs en défense, c'est fou.

- Ils n'auraient pas dû se séparer de Jackson.

- D'accord. C'était une idée stupide. S'ils ne l'avaient pas échangé, ils seraient certainement déjà en finale. Il regarda Mandy, puis la télé. - Je ne m'attendais pas à ce que vous suiviez le basketball.

- Pourquoi pas ?

Il haussa les épaules.

- Je ne sais pas. Je pensais juste que cela semble...,
je ne sais pas... anormal pour vous. Je suppose que vous
regardez du MMA ou quelque chose comme ça.

- Anormal ? Elle fit semblant d'être vexée.

- Je sais ce que je voulais dire. Vous êtes bien...
aussi..., euh..., surqualifiée pour une personne normale.

- Qu'est-ce que ça veut dire ?

- Cela signifie que vous êtes très douée pour tout.

Trevor reprit un son verre.

- Je n'ai jamais vraiment rencontré quelqu'un
comme vous, voilà.

- Je ne suis pas douée pour tout. Je ne sais pas ce
qui vous fait croire cela.

- Vous plaisantez ? Voyons voir : Experte en arts
martiaux ... prouvé ! Experte en conduite... prouvé !
Maniement des armes à feu et toutes sortes d'armes...
prouvé ! Sait nouer une cravate sortie de nulle
part....prouvé ! (Elle laissa échapper un petit rire à celui-
là.) Toujours à l'heure... prouvé ! Toujours
élégante...prouvé ! Jamais énervée... prouvé ! Peut
bluffer pour convaincre Neeman d'acheter des
échantillons...prouvé ! Ne m'a pas mis une baffe le
premier jour quand je vous ai insulté... prouvé ! C'est
une bonne maman... prouvé ! Aime le
basketball...prouvé ! Vous êtes belle... prouvé !

C'était la deuxième fois qu'il mentionnait son apparence, ou sa beauté comme il disait.

- Attendez, que voulez-vous dire ? Comment savez-vous si je suis une bonne maman ?

Il leva son verre pour prendre une autre gorgée avant de le poser.

Je pense à la façon dont vous parlez à vos enfants au téléphone. Ça montre que vous les aimez. Ils n'ont probablement aucune idée à quel point leur mère est formidable dans son travail.

- C'est très généreux, merci.

Il leva son verre et baissa la tête dans un simulacre de salut.

-Vous, Belle Dame, m'avez ouvert les yeux sur le fait que je suis beaucoup trop rapide pour porter un jugement. Il parlait du ton moqueur d'un roi ou d'un patriarche, essayant de rendre son discours plus officiel qu'il ne l'était. - Et pour cela, je vous suis à jamais redevable.

Il leva son verre, Mandy leva le sien en retour.

Cet homme la surprenait constamment. Il retombait toujours sur pieds. Trevor Wilson avait également changé son regard sur les autres cette semaine. Quand elle l'avait rencontré lundi, elle pensait qu'il était un travailleur indépendant qui ne pouvait pas suspecter ou évaluer une menace pour sa propre vie, même si elle était littéralement scotchée juste devant son visage. Ces soupçons avaient été confirmés par sa diatribe au téléphone avec M. Frederick. Puis, il avait commencé à lui permettre de faire son travail et était devenu étonnamment humble.

Non seulement il admettait ses erreurs et ses fautes, mais il était prêt à suivre des instructions dans les grandes lignes comme dans les détails. Il lui faisait confiance pour faire son travail. C'était tellement rafraîchissant, elle avait oublié à quel point c'était agréable d'être avec un homme comme celui-ci.

Elle avait certainement ses propres problèmes. Elle supposait qu'il trompait sa femme et avait divorcé. Au lieu de cela, c'était un veuf qui aspirait à être père. Comment avait-elle pu se tromper à ce point à son sujet ? Est-ce qu'une personne sensée arriverait à cette conclusion après avoir côtoyé quelqu'un pendant si peu de temps ? Elle ne savait pas pourquoi elle était comme ça. Elle devait avoir des blessures assez profondes concernant sa propre vie amoureuse saccagée par son mari infidèle. Elle avait besoin de changer d'attitude face à l'amour.

- Je dois m'excuser. Mandy saisit son verre.

- Pourquoi ?

- Pour avoir supposé aveuglément que vous étiez divorcé.

Trevor repoussa sa pensée.

- Non, je suis sérieuse. Voulez-vous savoir à quel point je me trompe ?

- C'est une question tentante. Il lui lança un regard intéressé.

- Voilà à quel point je suis complètement à côté. Elle tourna son tabouret vers lui pour lui faire face.

- Je pensais bêtement, simplement, que puisque vous étiez marié, vous aviez trompé votre femme et donc vous aviez divorcé.

Trevor secoua la tête en arrière.

-Waouh, vraiment ?

- Ouais. J'ai apparemment un peu tendance à projeter ma vie amoureuse passée sur celles des autres. Elle prit un autre verre et souhaita qu'il y ait quelque chose de plus fort que de l'eau sucrée. - Mon mari me trompait, c'est pourquoi je l'ai quitté.

- Oh, Mandy. Je suis désolé, je ne le savais pas.

- Ce n'est pas grave, c'est bien mieux comme ça, croyez-moi.

- Alors, combien de temps pensez-vous rester à mes côtés ?

Trevor prit une longue gorgée de son verre et se pencha sur la table.

- Je ne sais pas. Cela dépend vraiment du niveau de menace et de ce que les dirigeants de K et K veulent faire. Je suis ici aussi longtemps que vous avez besoin de moi.

- Je m'excuse si mon emploi du temps était un peu chargé et bousculé cette semaine.

- Vous n'avez pas à vous excuser pour cela. Vous êtes un homme occupé, vous avez beaucoup de responsabilités.

- Ouais, mais parfois cela prend des semaines pour mettre les choses en perspective. Comparé à cette semaine…

- Que voulez-vous dire ?

- Je veux dire que tant de choses se sont passées cette semaine. J'ai été attaqué deux fois, on m'a demandé subitement de participer à la réunion Skymore demain, c'est un gros problème. Je vous ai rencontré. J'ai appris des choses sur moi-même.

- Comment ça ?

Il se pencha plus près d'elle.

- Beaucoup de choses. Comme à quel point je dois être plus à l'écoute de mon environnement. Sans avoir besoin de courir toujours d'une réunion à l'autre et de travailler toute la journée. Je regarde la façon dont vous respectez l'environnement qui vous entoure. Vous remarquez tout et semblez mieux apprécier la vie autour de vous. J'ai besoin d'en faire autant. Je dois vraiment écouter les gens et réfléchir.

Elle était submergée par tous ces éloges et cette analyse.

- C'est très gentil de votre part.

Il l'avait dévisagée. Son expression était sérieuse, puis elle était devenue passionnée.

C'était peut-être encore l'adrénaline de l'attaque d'hier. Peut-être était-ce parce qu'elle avait si peu dormi ces derniers jours. Ou alors tout ce temps qu'elle passait côte à côte avec ce bel homme. Elle ne savait pas. Elle s'en moquait à ce stade. Elle voulait juste l'embrasser, et plus encore, elle voulait qu'il l'embrasse en retour.

Elle ne savait pas exactement pourquoi. Cela n'avait même plus d'importance à ce moment-là. Trevor Wilson était un homme séduisant et elle ne pouvait pas résister. Ils étaient si proches. Comment leurs visages s'étaient-ils retrouvés si proches ? Elle vit aussi l'attirance dans ses yeux. Elle se pencha et il fit de même. La passion explosa en elle comme elle ne l'avait pas ressentie depuis des années. Son baiser était parfait, puissant mais pas trop fort. Doux, mais pas trop faible. Elle tendit la main et lui tint la nuque. Ses cheveux noirs étaient lisses entre ses doigts. Leur baiser dura...

...Et soudain, elle se recula et le regarda. Elle était aussi embarrassée que confuse. Elle ne savait pas exactement ce qui l'avait poussé au baiser, mais quoi qu'il en soit, elle l'aimait. Quelque chose l'avait prise et elle n'avait pas pu le combattre.

L'expression sur son visage était confuse, mais traduisait également la surprise. Il n'avait pas l'air d'avoir planifié cela non plus. C'était la chose la plus naturelle qu'elle avait ressentie depuis longtemps. C'était si bon de se perdre dans un homme pendant un moment. Quelqu'un qui l'appréciait et voulait être proche d'elle. Quelqu'un qui n'était pas intimidé par son travail, ses compétences ou son rôle. Elle voulait être plus proche de lui. Et elle savait qu'il le voulait aussi, tout cela se lisait sur son visage.

Puis la réalité ressurgit, sortie de nulle part. Que faisait-elle ? Elle venait d'embrasser un client. Elle secoua la tête et détourna les yeux.

- Je suis confuse, dit-elle en prenant son grand verre de coca.

- Tout va bien, déclara Trevor. Je ne voulais pas ... Il fit une pause et prit son verre. - Je veux dire, je n'avais pas prévu... pas avant cet instant. Ce n'était pas prémédité ou quoi que ce soit. Je suis désolé, je ne veux pas vous offenser.

Mais c'était arrivé. Mandy était extrêmement confuse.

- Je... euh, bégaya-t-elle, nous devrions probablement aller nous coucher

- Ouais Oui. Répondit Trevor en se levant.

- Vous avez une réunion très importante demain.

Mandy raccompagna Trevor vers leurs chambres. Elle ne s'était jamais sentie aussi gênée. Elle venait de commettre la plus grande faute professionnelle de sa carrière de garde du corps. Un professionnel n'était jamais censé avoir une relation amoureuse avec un client ! quelles que soient les circonstances. Pourquoi l'avait-elle embrassé ? Pourquoi l'avait-il embrassée en retour ?

Ils restèrent silencieux alors qu'ils marchaient dans le couloir jusqu'à leurs chambres. Elle marchait un pas derrière lui. Qu'est-ce qu'elle était censée dire : Merci ? Était-elle seulement censée dire quelque chose ? Qu'allait-il dire ? Ils atteignirent leurs chambres et sortirent chacun leurs cartes-clés.

- Je suis vraiment désolé, Mandy. Cela a été une longue journée et une longue semaine.

Que voulait-il dire par là ? Pensait-il que c'était lui qui faisait une erreur ?

- Ça va. C'était autant moi que vous. Ça va. Nous sommes tous les deux des adultes. Mais moi je n'ai pas le droit de m'impliquer avec un client. Je pourrais être virée.

Elle réalisa qu'elle parlait vite.

- Ne vous en faites pas. Je n'en parlerai à personne.

Il l'avait dit d'une manière qui l'avait immédiatement calmée. Elle le croyait.

- Ça va. Je ne veux pas que cet embarras dure. Je vous verrai demain matin comme d'habitude. Ne vous inquiétez pas.

Ses paroles étaient si réconfortantes qu'elle voulait l'embrasser à nouveau juste là. Qu'est-ce qui n'allait pas chez elle ? Il se retourna pour ouvrir sa chambre et elle fit de même. Mandy laissa la porte claquer derrière elle. Elle s'appuya contre la porte et se frotta les yeux. Elle vit son ordinateur portable sur le bureau et réalisa qu'elle n'avait pas encore envoyé de rapport d'information à John pour la journée d'aujourd'hui.

Chapitre 20

Mandy avait préparé la voiture et attendait de retrouver Trevor à l'heure habituelle. Elle se battait encore avec ses démons de la nuit dernière. Elle ne savait pas quoi penser. Il ouvrit sa porte et sortit.

- Bonjour.

Elle lui jeta un coup d'œil puis se mit à marcher dans le couloir. Elle voulait être la première à parler et à donner le ton.

- Bonjour, répondit Trevor.

Elle se tourna pour les conduire dans le hall comme tous les matins. Elle voulait qu'il sache qu'il n'y avait pas besoin de ressasser sur leur comportement toute la journée ou s'excuser pour le baiser. Ils étaient des adultes, c'était arrivé. Elle avait un travail à faire et n'avait pas besoin d'être distraite en se demandant constamment ce qu'il pensait d'elle. Elle était tombée amoureuse de lui la nuit dernière et elle n'allait pas laisser cela se reproduire. Elle était plus forte que ça. Elle n'avait jamais eu un moment de faiblesse comme celui-ci auparavant.

Elle ne pouvait en aucun cas l'entraîner dans ses pensées. Elle avait besoin de clore cet incident, rester le plus possible à distance de Trevor Wilson, sinon elle n'allait pas pouvoir se contrôler ni contrôler les alentours. Il était trop beau, trop humble pour s'excuser et trop proche pour qu'elle se contrôle.

Dans la voiture, c'était encore le silence. Il travaillait déjà sur son téléphone et cela lui convenait parfaitement. Elle avait de quoi se tenir occupée en s'appliquant à conduire. La dernière chose dont elle avait besoin était d'être distraite en parlant à son client.

Leur réunion à Skymore avait lieu à 11 heures du matin, ils avaient donc beaucoup de temps pour se rendre au bureau. Trevor aurait amplement le temps de se mettre sur la même longueur d'onde que Frederick et les autres membres de l'équipe de direction. Mandy recommençait à se sentir coupable. Il avait de toute évidence une journée importante devant lui et elle se sentirait mal s'il était distrait par le souvenir de leur baiser la nuit dernière.

Elle savait que ce n'était pas sa faute, mais elle devait prendre sa part d'erreur. Elle savait qu'elle devait être prudente dans ces situations. Si elle osait juste lui parler, elle pourrait faire sortir tout ça. Elle pouvait ressentir la frustration et la tension dans la voiture. Elle-même était confuse et frustrée et elle savait que Trevor ressentait la même chose. Tout ce qu'elle aurait voulu c'était s'arrêter et lui parler face à face. Il y avait certainement moyen de simplement parler, clarifier la situation, s'expliquer mutuellement sur ce qui s'était passé la nuit dernière et enfin revenir aux préoccupations professionnelles.

Cependant, elle ne trouvait pas le moment et elle savait que Trevor n'avait pas le temps d'entrer dans ce niveau de discussion ce matin. Peut-être après la réunion Skymore ? Ou peut-être après la réunion annuelle de demain ? Peut-être qu'un miracle se produirait et que ses détails seraient oubliés d'ici là, alors elle n'aurait plus qu'à se soucier de leur relation professionnelle.

Au fait, où en était la police exactement dans cette affaire d'agression ? Elle n'avait absolument aucune nouvelle du détective Bremmer ces derniers temps. Elle prit mentalement note d'appeler le détective dès son arrivée au bureau.

Aujourd'hui était techniquement le cinquième jour de la menace initiale de « six jours » de dimanche dernier. Oui, c'était un bon signe que le suspect de mercredi soir soit toujours en détention, mais quelqu'un d'aussi puissant que Raymond Kennar pourrait avoir d'autres ressources. Par conséquent, elle devait encore fonctionner comme si la menace persistait. Et une menace permanente avec une échéance donnée rendait aujourd'hui plus dangereux qu'hier. Et demain serait certainement le jour le plus risqué.

Trevor ne fit aucune tentative de conversation non plus. Il était de retour à Téléphone Trevor maintenant et il était clair qu'il avait bien son travail d'entrepreneur à l'esprit. Elle devait lui parler, elle devait juste trouver le temps, mais c'était la seule chose qu'ils n'avaient pas. Peut-être qu'elle trouverait un moment cet après-midi ?

Au bâtiment H et K, elle se gara dans un endroit légèrement différent et fit entrer Trevor avec précaution, comme toujours. Dans l'ascenseur qui montait en silence jusqu'à son étage, Mandy réfléchit à l'affaire. Elle voulait plus d'informations sur ce Raymond Kennar. L'ascenseur sonna et ils sortirent.

- Bonjour, dit Gloria de sa voix mielleuse. Mandy l'aurait volontiers giflée. Une fois Trevor installé dans son bureau, Mandy s'assit à son poste de travail et composa le numéro du détective Bremmer. Elle tenta plusieurs fois de le joindre mais tombait chaque fois sur le répondeur. Elle laissa un message lui demandant de la rappeler dès qu'il pourrait.

Ensuite, elle appela John Miller.

- Bonjour, répondit John.

- John, c'est Mandy.

- Comment ça se passe avec M. Wilson ?

- Ça va bien. Rien de neuf depuis l'attaque de mercredi soir. J'attends un appel du détective. Concernant la réunion annuelle de demain, je tenais à te faire savoir que je vais demander à H et K d'engager deux agents supplémentaires pour la sécurité. Ça va être du lourd. Je suis d'accord avec Trevor, euh, M. Wilson, mais je pense qu'ils vont avoir besoin de plus de force humaine.

- Penses-tu que les dirigeants te suivront ?

- Oui, je crois. J'ai un mauvais pressentiment pour demain. Je n'aime pas ça.

- Nous avons la main-d'œuvre s'ils en ont besoin. Fais-moi savoir ce qu'ils décident.

- D'accord, je n'y manquerai pas. Je te contacterai plus tard.

John avait raccroché sans un au revoir, comme toujours.

Chapitre 21

VENDREDI 11H00

Trevor était assis sur le siège arrière à côté de Shelly Avado. Sam s'assit à l'avant à côté de Mandy. Trevor consultait son téléphone. Ils étaient en route pour le bureau de Skymore. Arrivée estimée à une dizaine de minutes. Mandy les y amènerait à temps.

Merde. Mandy. Il ne pouvait pas la faire sortir de son esprit. Il s'était donné des coups de pied mentalement toute la matinée. Il n'aurait pas dû l'embrasser la nuit dernière. A quoi pensait-il ? Tout faire pour qu'une femme se sente mal à l'aise dans son cadre professionnel ? Son estomac faisait des nœuds. Il n'avait rien planifié. Ce n'était pas comme s'il avait élaboré un plan pour l'entrainer dans un piège. Ça s'était passé à la fin d'une longue journée éprouvante.

Il y avait quelque chose qui le faisait se sentir proche d'elle. Elle l'écoutait et avait une patience incroyable. Il était toujours impressionné qu'elle ne l'ait pas frappé au visage le premier jour quand il l'avait qualifiée de la sorte au téléphone. Et au fait, pourquoi diable Sam ne lui avait-il rien dit à ce sujet ? en bien ou en mal ?

Mandy Hunter était une femme courageuse et indépendante. Elle était incroyablement attentionnée. Il n'avait jamais rencontré personne comme ça auparavant. Bien sûr, elle était belle et restait constamment à ses côtés. Elle avait dit et laissé entendre certaines choses ces derniers jours qui lui avaient donné l'impression qu'elle était en phase avec lui. Non ce n'était pas pour autant un permis de l'embrasser. Peut-être qu'il interprétait mal ses signaux ? Donnait-elle même des signaux ou imaginait-il tout cela ?

Il se frotta les yeux. Merde, il était fatigué. Il n'avait pas très bien dormi ces derniers jours. Et toute la semaine dernière non plus d'ailleurs. Son stress avait à nouveau augmenté mercredi lorsque cette brute était entrée en action. Il se sentait mal depuis. A présent, ils étaient à un jour de l'ultimatum des « six jours » que le crétin lui avait donné dimanche. Ça avait été un vrai choc quand ce type était réapparu mercredi soir avec une arme à feu. Il avait une arme à feu et aurait pu tirer. Ou est-ce que c'est Mandy qui l'avait sauvé ? Quoi qu'il en soit, la deuxième attaque lui avait remué les sangs et cela ne s'était pas calmé depuis.

Le message de l'attaquant restait encore vague. Qu'est-ce que ce type voulait dire ? Quel était le rôle de Kennar dans cette histoire ? Il devenait plus nerveux de minute en minute. Certes, il était habile pour présenter un air calme et décontracté, mais à l'intérieur son estomac était noué. Et la chose dont il n'avait pas besoin en ce moment était de se déconcentrer en pensant à Mandy. Si seulement ils pouvaient se parler, ils pourraient tout régler.

Il avait pourtant prévu de le faire ce matin, pour s'excuser et remettre tout à plat. Mais dès le moment où elle l'avait salué d'un bref « bonjour » puis la marche machinale vers la voiture, il avait compris qu'elle n'était pas d'humeur à parler. Elle semblait vouloir éviter la discussion pour le moment. Il respectait son choix.

Il savait qu'elle aussi subissait une énorme pression. Elle avait la responsabilité de le protéger d'une menace qui se rapprochait chaque minute. Demain serait le grand jour. Il savait qu'elle avait un fardeau sur ses épaules. Si quelque chose lui arrivait, elle se considérerait comme responsable. Il avait confiance en elle mais ils semblaient être tellement désavantagés devant l'adversaire. Ils pouvaient être attaqués à tout moment, de partout et de nulle part. Comment Mandy pouvait-elle le protéger de tout ? Elle était compétente mais elle n'était qu'une personne contre un nombre d'adversaires inconnu.

Il devait réagir et l'aider. Il devait jouer un meilleur rôle pour se protéger. Il avait beaucoup appris avec Mandy. Il pourrait l'aider simplement en lui prêtant plus d'attention et en restant plus attentif au monde extérieur. Il serait aux aguets aujourd'hui et demain. Elle n'avait pas à gérer tout cela toute seule.

Mandy se gara dans le garage Skymore. Il n'aimait pas l'idée d'entrer dans le territoire de Skymore mais il n'avait pas le choix. Il cherchait toujours à comprendre la signification de cet avertissement stupide. Il se répétait cent fois le message dans sa tête. « Ne soyez pas trop inquiet par la réunion. Faites baisser le prix ou ça ira mal. Vous avez six jours. » Il ne savait toujours pas si on parlait du prix de rachat de Skymore ou du cours de l'action.

Ils sortirent de la voiture et Trevor regarda autour du parking à la recherche d'un éventuel danger. Personne n'était assis dans aucune des voitures proches d'eux, personne d'autre en vue. Sam et Shelly étaient scotchés sur leurs téléphones, indifférents à leur environnement. Trevor croisa les yeux de Mandy. Elle le remarqua, le regard attentif à l'entourage. Il crut voir un léger sourire au coin de sa bouche, mais il ne voulait pas se laisser distraire. Ils entrèrent dans le hall et Sam prit les devants en s'adressant à la réceptionniste.

Quelques minutes plus tard, ils étaient dans les locaux de direction de Skymore. Ils s'étaient tous déjà rencontrés mais cela faisait un moment. Vincent Bergrom, le PDG de Skymore, était un homme de l'âge de Sam. Ils bavardèrent en marchant tranquillement vers une très belle salle de conférence. C'était un peu comme toutes les autres salles de conseil qu'ils avaient fréquentées cette semaine. Trevor se rappelait à quel point cette semaine avait été fastidieuse. Réunion après réunion, salle de conférence après salle de conférence. Il avait besoin d'une pause. Peut-être même de vacances ? Oui, ce serait bien, surtout après la grande réunion de demain. Des vacances, ce serait bien.

M. Bergrom et Sam lancèrent la réunion de

manière professionnelle. Les choses semblaient claires : Skymore était toujours à la recherche d'un acquéreur. Trevor remarquait pour la première fois comment M. Bergrom était installé sur son siège lorsqu'il parlait. Il remarqua à quel point Shelly semblait un peu nerveuse et agitait sans cesse ses pieds sous sa chaise. Le visage du président de Skymore rougissait à chaque fois qu'il parlait. Il remarquait plein de détails qu'il n'avait jamais vus auparavant. Était-ce en apprenant de Mandy au cours de la semaine ? Ou était-ce simplement ses sens en alerte à cause du stress accumulé toute la semaine ?

Trevor n'eut pas besoin de beaucoup parler. Ils lui posèrent quelques questions sur le marché et le moment le plus stratégique de l'année pour faire les annonces. Il était honoré d'être là et était heureux que Sam l'ait invité. Mais il était plus spectateur qu'acteur dans cette réunion.

Après un peu plus d'une heure, M. Bergrom et son équipe prirent la décision finale de se vendre à H et K. Ce n'était pas une énorme surprise, mais cela rendait les choses officielles. Les félicitations et les remerciements furent échangés pour finir et tout le monde repartit heureux. Skymore avait négocié le prix souhaité et H et K obtenaient sa part de marché.

Rien d'autre ne s'était produit sur le chemin du retour au bureau. Trevor continuait à surveiller les alentours. Il épiait les voitures pour le cas où l'une d'elle foncerait sur eux. Il s'assurait que personne ne leur sautait dessus, mais rien n'arriva. Ils rentrèrent au bureau en un seul morceau. Il pouvait percevoir le petit soulagement sur le visage de Mandy quand ils entrèrent dans leurs locaux.

Trevor voulait trouver du temps pour parler seul avec Mandy, mais l'après-midi était complètement occupée par des réunions de dernière minute maintenant que l'accord Skymore était conclu. Il y avait des tas de mises au point à finaliser afin d'être prêt pour la réunion annuelle du lendemain. Trevor n'avait littéralement pas revu Mandy jusqu'à son retour en voiture. À ce moment-là, il était trop fatigué pour entamer une conversation.

- Le détective Bremmer m'a appelée aujourd'hui, déclara Mandy.

- Oh, dit Trevor, sans lever les yeux de son téléphone.

- Ouais, il a dit que Raymond Kennar était introuvable. Ils avaient cependant obtenu un mandat de perquisition pour fouiller sa maison. Il y vit seul. Ils ont trouvé quelques trucs qui indiqueraient qu'il pourrait vous traquer.

- Eh bien, je suis content de vous avoir à mes côtés. Il ne voulait vraiment pas lui parler pour le moment.

- Demain, il faudra garder les yeux ouverts. Et Sam a approuvé l'embauche d'un agent de protection supplémentaire. Je vous le présenterai demain matin.

- D'accord, dit Trevor. Il voulait juste que cette semaine se termine.

Chapitre 22

SAMEDI 8H00

Mandy amena Trevor au Mancald Center à 8h00 précises. L'événement principal ne commencerait pas avant une heure, mais elle était contente qu'il fut d'accord pour être ici si tôt. Elle voulait se faire une idée de l'endroit autant que possible. Trevor avait étonnamment accepté toutes ses demandes. Elle avait même remarqué qu'il accordait apparemment plus d'attention à son environnement et était plus conscient des gens qui venaient vers lui. Il comprenait que cette semaine avait changé la donne pour lui. Quoi qu'il en soit, il semblait plus à l'écoute et passait moins de temps le nez dans son téléphone. Ils n'avaient toujours pas parlé depuis le baiser. Il trouverait le temps pour cela plus tard. Aujourd'hui, ils devaient tous les deux mettre cela de côté.

La bonne nouvelle, c'est que Frederick avait accepté d'embaucher un autre agent de protection pour l'évènement d'aujourd'hui. Ils n'en avaient pris qu'un, affirmant que la dépense n'en valait pas la peine. Jordan Jennings était déjà là. Mandy n'avait jamais travaillé avec lui auparavant mais elle savait qu'il travaillait lui aussi pour John chez Doxa International depuis un certain temps maintenant. Il avait envoyé un texto à Mandy pour lui dire qu'il était déjà sur place. Dès qu'elle aurait amené Trevor en toute sécurité dans les coulisses, elle le retrouverait.

C'était encore dans son esprit : aujourd'hui aurait été le deuxième jour de week-end avec ses fils. Elle ne pouvait pas trop se plaindre, elle n'avait pas le temps. Elle avait un travail à faire, elle reverrait bientôt ses garçons.

Elle marchait avec Trevor à l'intérieur, ils traversaient l'immense bâtiment. Le Mancald Center était un centre de congrès standard et polyvalent qui avait une capacité de dix mille places assises de style stade. Il n'y en aurait pas autant ici aujourd'hui, mais cela leur avait tout de même permis d'organiser un rassemblement public de grande envergure. On s'attendait à ce que Trevor et les autres dirigeants soient vus dans et autour de la scène pour pouvoir presser ensuite les actionnaires. H et K n'avaient jamais organisé d'événement de cette ampleur auparavant, donc la logistique et l'administration de tous les détails faisaient un peu défaut. Il était clair que c'était une première pour tout le monde.

Heureusement, ce n'était pas la première fois que Mandy participait à un évènement de cette sorte et elle avait prévu divers scénarios. Elle avait l'imprimé du plan d'étage du Mancald Center dans sa poche et l'avait essentiellement mémorisé la nuit précédente. La buvette était déjà pleine de monde. Heureusement, la plupart des gens ne reconnurent pas Trevor. Ce n'était pas plus mal, moins ils s'arrêtaient pour parler, mieux c'était. Une seule personne l'accosta dans le foyer, c'était l'un des chefs de projet de niveau intermédiaire. Tout le monde était habillé en tenue professionnelle et il y avait une sensation d'excitation dans l'air.

Après quelques poignées de main et salutations supplémentaires, ils finirent par atteindre la scène. Gloria les accueillit quand ils entrèrent. Elle sourit à Trevor et fit de son mieux pour décocher un sourire narquois vers Mandy.

- Bonjour, M. Wilson.

- Bonjour, Gloria, comment allez-vous ?

- Très bien, monsieur. J'ai le programme ici. Elle lui tendit un papier et continua de marcher avec eux. - Shelly Avado commencera l'accueil à neuf heures. Il y aura une courte vidéo d'environ six minutes. Après cela, Michelle, des relations publiques, mènera une entrevue avec M. Frederick. Ensuite, c'est vous. Voici les graphiques Power Point que AV affichera lorsque vous parlerez. Elle lui tendit un autre papier. - Vous restez environ dix minutes sur scène.

Mandy mémorisait tout cela pour se faire une idée du déroulement. Elle avait vu des versions du programme envoyées par e-mail dans les deux sens mais apparemment rien n'était gravé dans le marbre jusqu'à ce matin. L'arrière-scène avait à peu près la taille d'un petit gymnase. Sur sa carte, elle savait qu'il y avait six points d'accès. Si elle pouvait rester ici avec Trevor, les choses seraient beaucoup plus faciles.

Elle aperçut un grand monsieur en costume noir. Elle reconnut Jordan d'après la photo que John avait envoyée. Ils établirent un contact visuel et il s'approcha.

- Bonjour, salua Mandy. Monsieur Wilson, voici Jordan, mon coéquipier, dont nous avons parlé hier soir. Trevor se présenta et serra la main tendue. Jordan était grand, portait une barbe noire bien taillée. - Si possible, ce serait formidable si vous pouviez m'aider à le présenter à M. Frederick

- Bien sûr, pas de problème, déclara Trevor. Gloria lui fit signe et Trevor alla voir ce qu'elle voulait.

Mandy lui présenta son nouveau coéquipier.

- Merci d'être venu aujourd'hui.

- Aucun problème. La voix de Jordan était profonde. Il était costaud, il aurait pu être un joueur de ligne dans une équipe de division un.

- J'ai fait une reconnaissance sur place, tout a l'air solide, déclara Jordan. Le Mancald Center a sa propre équipe de sécurité en salle, mais ils ne sont pas beaucoup plus que des huissiers. J'ai parlé à ceux que j'ai pu croiser. Toutes les portes d'accès sont verrouillées à l'exception de celles-ci, ici, du côté de la 10e rue où vous êtes entrés. Voici ta radio. Jordan lui tendit une radio noire avec écouteur et micro. - On communique sur le premier canal.

- Je te remercie.

Mandy attacha la radio à sa ceinture et passa le fil à l'intérieur de sa veste. Bien qu'elle ne l'ait pas rencontré, elle savait que Jordan était qualifié, sinon John ne l'aurait pas engagé. Son comportement était professionnel et il avait l'air d'être en forme, cela en disait déjà beaucoup sur lui. Elle appréciait les informations qu'il lui donnait, il avait déjà fait son travail.

- Voici une copie du programme. Jordan lui en tendit une fiche. - Notre trousse médicale et le kit de survie se trouvent dans ce bureau ici. Il désigna une petite pièce.

- Super merci. Tu as reçu les infos que je t'ai envoyées la nuit dernière ?

- Oui.

- Tu as les photos de nos clients et de Kennar ?

- Oui.

- Monsieur. Wilson est le client principal ; nous le protégeons lui, avant tout. Mais rappelle-toi : ce Raymond Kennar ou quelqu'un d'autre pourrait nous attaquer pendant la réunion.

- Compris.

- Je resterai avec M. Wilson tout le temps. Tu te postes ici dans cette zone des coulisses. Ce sera notre endroit de repli.

Jordan hocha la tête. Mandy mit l'écouteur dans son oreille et alluma la radio.

- Vérification radio.

- Tu n'as eu connaissance d'aucun autre contrat de Kennar... ou d'autres menaces ?

- Non. Rien depuis mercredi soir.

Jordan hocha la tête, indiquant qu'il avait entendu sa transmission puis s'éloigna pour rejoindre son poste. Mandy revint auprès de Trevor. Du coin de l'œil, elle le vit se diriger vers la scène. Elle le suivit. Le fond était recouvert d'un long rideau noir avec une ouverture de chaque côté. Il se dirigea vers l'ouverture de gauche et resta là à regarder tout le monde remplir les chaises placées au sol et dans la partie inférieure du stade.

- Vous êtes tous prêts ?

- Oui, je pense que oui.

- Vous avez prévu votre grand discours ?

- Ouais, je pense que ça ira. Et vous, ça va ? Êtes-vous prêts de votre côté ? demanda Trevor.

- Oui, tout est OK. Vous serez le premier informé si quelque chose déraille. Jordan va rester en retrait, moi près de vous.

- D'accord, hey, où sont les toilettes ?

- Juste ici. Elle désigna le coin arrière qui s'ouvrait sur un couloir. Deux portes de toilettes se trouvaient de l'autre côté du couloir.

- Êtes-vous déjà venue ici avant ? Demanda Trevor.

- Nan.

- Alors comment savez-vous tout cela ?

- Je travaille et j'ai fait mes devoirs. J'attendrai ici.

Il entra. Il y avait peu de monde dans les toilettes puisque tout le monde commençait à prendre place.

- Mandy, tu me copies ? La voix de Jordan à la radio.

- Mandy, j'écoute.

- Je viens de rencontrer Monsieur Frederic et Miss Avado. Ils sont tous les deux dans les coulisses avec moi.

- Compris, merci.

Alors qu'elle se tenait dans le couloir, Mandy vérifia son Glock au coude. Elle avait le sentiment que quelque chose allait se passer lors de cet évènement. La menace de l'attaquant était trop inquiétante. La salle était bien trop grande. Le lieu entier était immense. Il y avait trop de gens et pas assez de dispositif de sécurité. Elle le regrettait, cela la mettait mal à l'aise, mais elle savait qu'elle ne pouvait rien y faire.

Trevor ressortit, Elle le suivit jusqu'à la scène. Gloria courait frénétiquement pour essayer d'amener les gens au plus près de leur stand. Elle sortit son portable et commença à parler à l'un des gars de l'audiovisuel. Les lumières s'éteignirent dans l'auditorium, Frederick et Shelly Avado montèrent sur scène sous les applaudissements.

M. Frederick était toujours à l'aise dans ces moments. Mandy se rapprocha de l'entrée de la scène d'où elle pouvait voir Shelly tout en gardant un œil sur Trevor. Elle établit un contact visuel avec Jordan et il acquiesça en retour. L'arrière-scène n'était pas terrible, c'était mieux que rien mais ce n'était pas véritablement sécurisée. Il y avait six entrées différentes dont les deux hors de la scène. Deux des portes n'étaient pas visibles depuis son poste et il n'y avait pas de contrôle d'accès. Personne n'empêcherait quiconque d'arriver par les coulisses. Elle n'aimait pas ça.

Shelly en avait fini dans son rôle et partit alors que la vidéo commençait à tourner. Frederick ajustait sa cravate et répétait probablement mentalement ce qu'il allait dire. Trevor regardait autour de lui, vigilant. Il avait un air sceptique quand son regard s'arrêtait sur des gens qu'il ne reconnaissait pas. Et il n'était pas au téléphone tout le temps.

Elle se surprit à lui sourire. C'était une personne complètement différente de celle qu'elle avait rencontrée au début de la semaine. Elle admirait la façon dont il prenait la menace au sérieux. On aurait dit qu'il essayait de l'aider dans son travail. Peu de clients étaient comme ça. La plupart d'entre eux rendaient son travail plus difficile. Trevor Wilson était différent et elle aimait ça. Cette nouvelle facette du personnage lui plaisait. Elle voulait désespérément lui parler. Elle voulait désespérément que toute cette réunion annuelle soit terminée.

La vidéo se termina et Frederick entra. Il était connu du public et reçut une vive ovation. Non seulement parce qu'il était le PDG, mais parce qu'il allait faire la grande annonce sur le cours de l'action. Tout le monde attendait cela avec impatience. Michelle des Ressources Humaines entra et ils prirent place dans des chaises opposées pour l'entrevue.

De plus en plus d'employés commencèrent à aller et venir depuis l'arrière-scène. Gloria et Cindy étaient occupées à essayer de tout canaliser. Mandy pouvait vérifier de visu que la plupart des gens qui entraient étaient des employés de la ville, mais pas tous. C'était un désordre non organisé. Elle resta près de Trevor. Aucun signe de Raymond Kennar, pour l'instant.

Elle sentait que Trevor aussi comprenait la situation. Il se rapprocha de Mandy et essaya d'éviter tout contact visuel avec qui que ce soit. Quelques personnes s'arrêtaient devant lui, mais il se contentait de saluer poliment et détournait le regard. Elle espérait que cela ne le rendrait pas nerveux avant de monter sur scène. Elle réalisa qu'elle devait projeter son propre calme et lui donner l'assurance que tout irait bien. Elle se rapprocha un peu plus de la scène pour mieux garder un œil sur Trevor et l'autre sur M. Frederick sur scène.

Après ce qui semblait être une éternité, Frederick termina son discours et sortit. Trevor redressa ses manches et se dirigea vers la scène.

- Bonne chance, dit-elle en passant. Il leva les yeux et lui retourna un sourire, un sourire authentique. Elle leva son pouce, il hocha la tête et monta sur scène. Elle voulait lui faire savoir qu'il était en sécurité. Puis elle se demanda si elle en avait trop fait. Comment le prenait-il ? Elle s'en moqua à ce stade. Elle scruta la foule pendant que Trevor commençait à parler. Elle ne le regarda pas une seule fois. Ses yeux allaient de personne en personne dans la foule. S'arrêtant surtout sur les deux et trois premiers rangs.

Aucun signe de Kennar. Aucun signe de personne agissant de manière erratique ou nerveuse. Elle était formée pour repérer les choses qui n'étaient pas à leur place. Elle essayait de déterminer si un comportement était différent d'un autre. Tandis que Trevor continuait à parler, elle essayait de voir si quelqu'un était habillé ou se comportait différemment de tout le monde. Quelque chose clochait ?... Elle l'avait à peine entendu faire la grande annonce de l'acquisition de Skymore. Cela déclencha de longs applaudissements. Elle continuait à scruter la foule. Et avant qu'elle ne s'en rende compte, il salua.

- Bon travail, dit-elle en passant.

- Merci. Il acquiesça de la tête. Trevor se servit une bouteille d'eau sur une table et desserra son col. Eh bien, le discours s'était déroulé sans que rien ne se passe, c'était un soulagement. Un autre des intervenants était monté sur scène et avait pris le relai. Etaient-ils vraiment si près d'en avoir terminé ? Peut-être allaient-ils sortir de ce truc sans aucun incident ?

Les lumières se rallumèrent dans toute la salle et les gens commencèrent à se relever et à se diriger vers les sorties.

Elle ne pouvait pas y croire. L'évènement s'achevait et toujours aucun signe de menace. Peut-être que tout était vraiment terminé ? Peut-être que Raymond Kennar n'était déjà plus qu'une histoire ancienne ? Mais elle contenait son excitation. Ils avaient encore un long chemin à parcourir pour sortir d'ici. Ils devaient retourner à la voiture.

Elle regarda en arrière et établit un contact visuel avec Jordan. Il était toujours prêt à bondir et gardait un œil sur tout le monde dans l'arrière-scène. Le hall se remplissait de plus en plus de monde. Elle voulait sortir d'ici et vite, avec Trevor.

M. Frederick parlait avec Trevor. Le plan les concernait tous, y compris Shelly : Ils sortiraient tous ensemble. Shelly Avado parlait toujours avec Gloria. Mandy vérifia sa montre et dut consciemment contenir son anxiété. Elle devait absolument se détendre.

- D'accord, Sam, je pense que nous devrions y aller.

On aurait dit que Trevor voulait aussi sortir d'ici. Les deux se dirigèrent vers l'une des portes. Shelly Avado parlait toujours, sans prêter attention aux deux autres qui sortaient. Mandy gardait un contact visuel avec Trevor et fit un signe de tête à Shelly. Trevor comprit ce qu'elle voulait. Elle voulait leur dire de l'attendre mais ne voulait pas interrompre Frederick, après tout, c'était lui qui donnait les ordres.

- Hé, attendons Shelly, suggéra Trevor et Frederick s'arrêta.

Mandy saisit son micro.

- Jordan, je sors avec les trois cadres.

- Compris. Jordan enchaîna. - Je reste ici jusqu'à ce que vous disparaissiez.

Elle pouvait à peine apercevoir Jordan à travers toute la foule de personnes. Trevor alla à la rencontre de Shelly et elle les rejoignit.

Ils étaient tous les trois ensembles. Ils commencèrent à sortir dans les couloirs. Techniquement, son seul client était Trevor et sa seule véritable obligation était de le protéger lui, mais elle se sentait mieux en sachant que Shelly et M. Frederick étaient avec eux.

Quand ils arrivèrent dans le hall, c'était une cohue de personnes et de visages. Mandy continuait à marcher, essayant de rester aussi près que possible de Trevor. Ils furent arrêtés par un groupe qui avait reconnu les trois intervenants du discours. Trois personnes essayèrent de parler à Frederick. Il n'avait pas le temps de dire quoi que ce soit mais sa responsabilité en tant que PDG l'obligeait à ne pas simplement se détourner des gens.

Mandy scruta les alentours. Elle regardait les visages et les mains. Trevor se tenait à côté d'elle. Il y avait trop de gens. Elle se sentait exposée. Ils ne pouvaient pas rester ici, ils devaient continuer à bouger. Elle et Trevor essayèrent d'attirer l'attention de Frederick et de l'éloigner, mais il ne pouvait pas les voir. Quelqu'un s'arrêta et commença à parler à Shelly. Cela tournait très vite à la merde. Elle souhaitait vraiment avoir un autre membre de l'équipe avec elle.

- Devrions-nous continuer ? demanda Trevor.

- Oui.

Elle s'approcha de lui alors que la foule augmentait.

- Jordan ?

- Jordan j'écoute.

- Viens par ici et reste avec Frederick et Avado. Je vais continuer à avancer avec Wilson.

- Compris, suis en route.

Trevor et Mandy se frayèrent lentement un chemin à travers la foule. Elle n'aimait pas l'idée de couper le groupe mais elle devait rester avec Trevor et le mettre dans une zone de sécurité. Elle laissa Frederick et Shelly plus loin derrière alors qu'elle s'efforçait de voir si le grand Jordan était déjà dans le hall. Merde, elle aurait aimé être plus grande.

- Il est là, dit Trevor. Il était assez grand pour voir par-dessus les têtes. - La Jordanie se rapproche d'eux maintenant.

- Mandy ? je suis ici avec eux, Je suis au contact.

Bien. Maintenant, ils pouvaient bouger.

- OK, allons-y. Elle passa à côté de Trevor et accéléra le rythme. Ils marchaient coude à coude.

- Merci pour ça.

- Quoi ? demanda Trevor.

- Pour avoir vu Jordan pour moi.

- Je dois faire ce que je peux faire. Être grand est à peu près la seule chose que j'ai en plus sur vous. Il sourit. Il était toujours de si bonne humeur. C'est sûr, elle aimait ce mec. Elle avait juste besoin de le garder en sécurité. Elle vit la porte au fond, la foule commençait à se raréfier.

Mandy attrapa son micro.

-Je suis presque dehors avec Wilson. Fais-moi savoir quand tu sors avec tes deux.

- Compris

La porte était en vue, une fois hors de là, leur voiture n'était qu'à quelques mètres.

- D'accord… commença-t-elle à dire à Trevor.

Il l'interrompit.

- C'est un point d'étranglement, je sais. Je regarde.

Cela la fit se sentir mieux. Les portes étaient vitrées, elle regardait le trottoir aussi loin qu'elle le pouvait. Elle le conduisit à la porte mais il y avait plus de gens que prévu sur le trottoir. Merde, elle n'avait pas prévu ça. Elle aurait dû prévoir un itinéraire de secours. Elle se donna mentalement des coups de pied pour ne pas avoir mieux planifié.

- Jordan, nous sommes dehors.

- Compris.

Sa concentration s'intensifia et elle eut l'impression de voir tout autour d'elle. Elle captait les moindres détails des visages des gens. Mains et visages, mains et visages.

- Mandy, c'est Jordan. Frederick et Avado sont sur le point de sortir. Nous passons à la voiture de Frederick. Il est garé du côté nord. Nous serons juste derrière vous.

- Compris.

- Hé, Monsieur Wilson !

Un homme était sorti de la droite. Elle écarta légèrement les bras jusqu'à ce qu'elle se rende compte que l'homme avait l'air innocent. Il était petit, portait un costume et une cravate coûteuse. Il s'approcha et tendit la main pour serrer celle de Trevor. Mandy resta là entre eux pendant une seconde, devant décider si tout allait bien. Cela semblait être le cas. Elle se bougea.

- Excellent travail, monsieur. Il serra la main de Trevor. « Affaire rondement menée, cette affaire Skymore. J'ai entendu dire que vous étiez un acteur majeur.

- Merci, c'était un travail d'équipe. Trevor continua à marcher naturellement pour les garder en mouvement, tout en évitant de paraître impoli.

Elle continuait à balayer du regard les alentours, toujours à ses côtés. A présent, la voiture était en vue. Ils se rapprochaient. Elle chercha les clés dans sa poche.

- Ici Jordan, Frederick et Avado sont dehors.

- Compris.

Encore quelques personnes entre eux et la voiture. Elle continuait à surveiller. Personne aux alentours, personne autour de la voiture. Elle regarda sous la voiture autant qu'elle le pouvait. Elle scruta par-dessus son épaule une dernière fois, personne aux alentours.

Un mouvement venu de nulle part. Mandy passa devant Trevor... Juste un homme vêtu d'un costume. Il les dépassa. Elle ouvrit la portière et Trevor entra. Mandy referma la portière et se précipita de l'autre côté. Elle s'installa au volant et démarra le moteur. Elle sortit dans la rue et prit de la vitesse. Il n'y avait personne autour d'eux, personne ne les poursuivait. La rue était dégagée.

Ils l'avaient fait !

Elle regarda Trevor.

- On dirait que nous avons réussi.

Trevor lui sourit.

- Attaque !

La voix de Jordan criant dans sa radio.

Son mot complet n'était même pas encore complètement prononcé qu'elle avait compris : Trevor était en sécurité mais ils attaquaient Frederick.

- Merde.

Mandy appuya sur l'accélérateur.

- Qu'Est-ce que c'est ? demanda Trevor car il n'avait pas entendu la transmission radio dans l'écouteur.

- Ils attaquent Frederick. Jordan a dit qu'il était garé du côté nord. Elle devait juste tourner à droite et ils seraient dans la rue. Elle ne savait pas de quel genre d'attaque il s'agissait. Pour l'instant elle ne pouvait pas voir.

Elle ne voulait pas mener Trevor au milieu d'une attaque. En même temps elle devait s'assurer que Frederick et Shelly allaient bien. Elle n'attendait pas de précisions de Jordan car il était probablement occupé.

Elle tourna le coin et vit des gens fuir une altercation. Ça doit être ça. Juste un peu plus près et elle vit Jordan se battre avec quelqu'un. Elle scanna la zone et ne repéra aucune arme à feu, n'entendit aucune détonation. Frederick était à terre, les mains sur les genoux. Il y avait une autre personne entre lui et Shelly, ce n'était pas bon. Elle écrasa la pédale de freins.

- Restez dans la voiture, roulez jusqu' au bureau !

Mandy était déjà sortie de la voiture quand elle cria l'ordre de partir à Trevor. Sa main alla vers son Glock mais réalisa qu'il y avait trop de monde pour envisager un tir. Elle était trop proche de toute façon ; elle n'avait pas arrêté de courir. Trevor serait en sécurité dans la voiture s'il partait d'ici. Elle vit Raymond Kennar lui-même debout au-dessus Frederick. Il tenait quelque chose dans la main.

- Laisse tomber !

Elle avait hurlé en se précipitant lui.

Kennar leva les yeux et la vit. Il n'eut pas le temps de réagir, elle lui asséna un tacle qui le faucha sur place.

Un autre homme vêtu de noir apparut sur sa gauche, il avait un couteau et menaçait Shelly. Mandy prit une décision en une fraction de seconde et fit un pas à gauche. Shelly se releva contre la voiture avec nulle part où aller, l'homme leva son couteau, il était presque sur elle. Mandy bondit en avant, s'attaquant à l'homme juste à temps. Leurs corps se heurtèrent violement et basculèrent au sol. Son épaule tapa sur le ciment alors qu'elle se retournait en essayant de garder une emprise sur l'homme. Elle le tenait toujours et le retourna avant qu'il ne puisse se lever. Elle sentit une main essayer d'attraper son cou. Elle tourna sur ses fesses et lui lança un coup de pied dans les jambes pour se dégager. Elle coinça ses jambes sur le bras de son adversaire et tira sur le bras avec les deux mains. Elle se pencha en arrière et les deux s'écroulèrent sur le dos. Elle était déjà en train de lui tordre le bras, l'homme criait de douleur.

Shelly était en sécurité, debout à côté de la voiture. Frederick était toujours au sol et Kennar se tenait au-dessus de lui. Son tacle de dernière minute avait momentanément sonné Kennar, mais maintenant elle vit le couteau dans sa main. Frédérick n'était pas en mesure de se défendre. Jordan luttait toujours avec l'autre attaquant.

Trois assaillants ?

L'homme qu'elle tenait essayait de se relever mais elle devait d'abord le mettre hors service. Elle recula et releva les hanches, le bras de l'homme se cassa et il laissa échapper un cri aigu de douleur. Elle essaya de se lever mais elle n'arriverait pas à temps pour dégager Frederick. Elle avait sauvé Shelly, mais pas le PDG. Mandy était déjà debout mais encore trop loin.

Frederick leva instinctivement un bras pour se protéger alors que la lame de Kennar tombait.

- Merde !

Puis, sorti de nulle part, Trevor arriva en courant, attaqua Kennar par la taille. Trevor et son adversaire volèrent en arrière et les deux hommes heurtèrent le sol. Trevor roula sur le dessus et par un retournement arrière parfait se retrouva en position de contrôle, tout comme elle lui avait appris. Il s'assit à califourchon sur son adversaire tandis que Mandy sautait sur le bras de Kennar, repoussant le couteau.

Elle se retourna vers l'homme dont elle venait de casser le bras. Déjà Jordan l'attrapait.

- Je l'ai. Il avait hurlé. Son premier homme gisait inconscient sur le sol. Shelly allait bien, Frederick allait bien. Trevor allait bien. Elle réalisa que Trevor avait un grand sourire sur son visage tout en maintenant Kennar au sol.

Mandy se leva et scruta les alentours. Aucune autre menace. Jordan contrôlait deux adversaires. Elle et Trevor tenaient Kennar. Putain ! Quel bordel.

La plupart des gens s'étaient dispersés mais quelques personnes étaient restées pour aider. Le 911 avait déjà été prévenu par un spectateur qui avait été témoin de toute la scène. Jordan et Mandy menottèrent les trois assaillants et les retinrent jusqu'à l'arrivée de la police.

Le taux d'adrénaline de Mandy commença à descendre une fois les déclarations faites et les trois assaillants arrêtés.

Quelle journée !

Chapitre 23

DIMANCHE 16H48

Le lendemain, Trevor s'assit avec Mandy dans sa chambre d'hôtel. Tous deux sirotaient des bières. Le détective Bremmer se tenait devant eux.

-Donc, maintenant que vos déclarations sont toutes signées, voilà la situation : nous tenons Kennar pour harcèlement criminel, complotage en vue de commettre un meurtre et tentative de meurtre. Ses deux autres crétins partiront également au trou.

- Merci, détective.

- Nous n'avons trouvé aucune preuve que Kennar disposait d'autres ressources ou envisageait d'embaucher quelqu'un d'autre. Après un premier interrogatoire, nous sommes convaincus que son plan final était de tuer Monsieur Frederick lors de la réunion afin d'effrayer les actionnaires.

- Pour une simple vengeance ? demanda Trevor.

- Apparemment, oui. Il voulait non seulement tuer Frederick, mais espérait saboter la réunion de manière à effrayer les gens afin qu'ils vendent des actions.

Trevor et Mandy se regardèrent. Le détective Bremmer poursuivit :

- Et l'attaque aurait dû être bien pire : le gugusse numéro trois a déclaré que leur plan était d'attaquer Frederick sur scène pendant la réunion. Mais ils ont vu la forte présence de sécurité sur scène et ont décidé d'attaquer à l'extérieur. Donc, votre présence pour la sécurité à l'intérieur a aidé. Beau travail, Miss Hunter.

- Je vous remercie.

- Je reste en contact. Au revoir, je vous souhaite enfin de passer une bonne journée.

L'inspecteur Bremmer se retourna pour partir. Trevor l'accompagna jusqu'à la porte puis retourna à sa chaise près de Mandy et reprit sa bière.

- Je parie que c'est bien de pouvoir enfin boire maintenant que tu n'es pas en service, hein ?

- Oui, ça l'est.

- Mon adrénaline est toujours au top.

- Savez-vous à quel point vous avez de la chance ?

- Non pourquoi ?

Elle secoua la tête.

- Je n'ai jamais eu cela. Je n'ai jamais eu une seule fois dans ma carrière mon client qui s'attaque au méchant.

Trevor a pris un verre.

- Eh bien, j'ai été formé par les meilleurs. Donc, je ne pense pas avoir eu de chance.

- Oh non. Je ne veux pas dire que vous avez eu de la chance avec le tacle, c'était une pure compétence. Et tout le mérite doit être attribué à votre instructeur. Je parle du fait que vous avez de la chance que je ne vous ai pas botter les fesses pour ne pas être parti comme je l'ai demandé. Mandy se pencha en avant avec ses coudes sur ses genoux. - Je pensais que nous étions d'accord pour dire qu'en matière de sécurité, j'étais le boss.

Elle sourit. Trevor haussa les épaules.

- Que puis-je dire pour ma défense ? Jordan a été impressionné. Il a dit que j'avais fait du bon travail.

- Ouais, il m'a dit que tu ferais un excellent garde du corps. Elle rit et Trevor la rejoignit. Mandy posa sa bière et se leva. Trevor se leva et marcha vers elle. Elle glissa ses mains autour de sa taille et ils s'embrassèrent.

Un coup à la porte les interrompit.

- Ils sont là, dit Mandy en se retirant. Elle sauta vers la porte et l'ouvrit.

- Maman ! hurlèrent deux garçons en même temps.

Trevor hocha la tête alors que Rob, l'ex de Mandy, déposait les sacs des enfants. Puis Rob fit un signe d'au revoir à tous. Mandy laissa la porte se refermer sur lui. Elle était à genoux et étreignait ses deux fils. Troy et Nathan la serrèrent dans leurs bras. Trevor s'approcha et s'agenouilla. Mandy avait l'air plus heureuse qu'il ne l'avait jamais vue.

- Maman, qui est-ce ? demanda le plus âgé.

Trevor tendit la main pour la serrer.

- Salut, je m'appelle Trevor.

Plus de livres par Liz Levoy

Bad Boys!
Collection new romance: 3 livres!

Livre 1 : Ce n'était pas gagné d'avance

Je savais que nous avions tous les deux la reponse

Anna est une femme independante qui n'arrive pas a trouver de partenaire parmi les hommes qu'elle rencontre. Leo est en mode autodestructeur et se desespere de changer de destinee. Lorsqu'ils se rencontrent, cela fait des etincelles mais aucun des deux ne sait comment agir.

Pendant ce temps, la vie continue et tous les deux choisissent leur voie. Alors qu'ils passent plus de temps ensemble, ils commencent a se demander s'ils ne devraient pas etre ensemble apres tout.

Jusqu'a ce que le passe de Leo s'en mele et qu'Anna decide d'accepter une offre d'emploi qui l'eloignera de lui.
Est-ce qu'ils se rendront compte qu'ils sont faits l'un pour l'autre ? Ou bien decideront-ils de vivre l'un sans l'autre ?

Livre 2 : Quand Cupidon s'en mêle

Qui a dit que les homes étaient parfaits?

Gina est la dame d'honneur et elle est déterminée à faire en sorte que le mariage de sa meilleure amie se passe sans encombre. Tout se déroule suivant son plan et elle est convaincue qu'elle peut gérer ça sans soucis. Elle rencontre Alex, le témoin du marié et le coureur de jupons du coin. Il a la réputation de coucher avec chaque demoiselle d'honneur à chaque mariage. Gina sait qu'il ne risque pas d'arriver à se glisser sous sa jupe et elle n'est pas inquiète.

Lorsque Gina et Alex se retrouvent forcés d'être ensemble et que leur voiture tombe en panne, elle découvre un autre côté de lui. Elle commence alors à penser qu'il se peut qu'il ne soit pas si mauvais, qu'elle voudrait être avec un homme comme lui. Jusqu'à ce qu'elle découvre qu'il avait parié avec ses amis qu'il pourrait coucher avec elle. Elle est furieuse et les choses ont totalement déraillé au mariage. Gina perd sa meilleure amie et sa foi en les hommes.

Un geste romantique changera-t-il l'avis de Gina, ou allait-t-elle détester le seul homme qui l'ai posé et l'ai fait prendre conscience, pour toujours?

Livre 3 : Love Campaign

Lorsque Brisk Insurance a besoin d'une nouvelle campagne de marketing et qu'ils sélectionnent à la fois Wonderworks et Imagine Solutions pour proposer un projet pour le travail, Allie a la chance de montrer de quoi elle est capable. Elle doit faire face à Daniel Bowen, un Requin dans le monde du marketing, mais elle sait assez qu'il ne craint pas la saine émulsion que permet la compétition.

Jusqu'à ce qu'elle fasse sa connaissance et il n'est pas ce celui qu'elle s'attendait à rencontrer. Au lieu de garder ses distances et de se concentrer sur son travail, Allie passe de plus en plus de temps avec lui. Il semble que Daniel soit l'homme à même de changer son avis sur la façon de concilier vie privée et carrières.

Mais Daniel a des arrière-pensées, dommage. Ce qui la prend par surprise cependant, c'est le fait que le Casanova des temps modernes semble avoir développé des sentiments. De par la difficulté d'être dans deux camps opposés et le fait de faire des erreurs personnelles, ils apprennent tous deux à faire des choix. Mais en amour comme à la guerre tout les coups sont permis, n'est-ce pas? Ou seront-ils capable de faire de la place dans leurs petits mondes pour l'un et l'autre?

Depuis que je l'ai rencontré

Collection quatre romances

Livre 1: Tentez-moi

J'ai tout ce que je peux imaginer dans ma vie. De l'argent, une entreprise et toutes les femmes que je pourrais vouloir.

Mais aucune ne me touche comme Jennifer. Dès l'instant où elle est entrée dans mon bureau et a demandé un emploi, j'ai été piégé. Plus j'apprenais à la connaître, plus j'étais fasciné. Même si je ne fréquente jamais les femmes au bureau, j'étais prêt à enfreindre la règle pour elle.

Mais voilà, Jennifer ne veut rien savoir. Elle me rejette, elle s'est retirée derrière ses barricades et garde farouchement ses secrets. Mais c'est plus fort que moi. Et plus elle me repousse, plus je veux m'en approcher..

Livre 2: Un homme irrésistible

Rose Chavez a des dettes, un père malade et une sœur qui ne veut pas grandir. Lorsque son amie Norah lui trouve une offre d'emploi de rêve, elle ne peut pas la refuser. Malheureusement, l'entreprise appartient au séduisant mais arrogant millionnaire Michael Boyd, qui a eu une liaison avec Norah et qu'elle déteste.

Contrairement à ses attentes, elle obtient le poste et, à son grand dam, Michael Boyd commence à s'intéresser à elle.

Rose pourra-t-elle résister aux avances d'un homme qu'elle ne supporte pas ?

Livre 3: Proximité dangereuse

June Morris est une ancienne marine et a récemment commencé à travailler comme garde du corps. Son premier client, l'arrogant avocat Daniel Ward, qui est devenu la victime d'une menace, ne la prend pas au sérieux au début, mais est forcé de coopérer avec elle. Peu à peu, Daniel découvre que June est une vraie professionnelle qui sait mieux que lui évaluer la situation dans laquelle il se trouve. June, en revanche, fait en la personne de Daniel la connaissance d'un avocat compétent et correct, qui a également un côté humain chaleureux.

Après que la méfiance initiale entre les deux se soit transformée en respect mutuel, June constate avec consternation que Daniel commence à développer des sentiments à son égard. Sera-t-elle capable de résister à ses avances et parvient-elle à éliminer la menace pour laquelle elle a été engagé ?

Livre 4: Déterminé

Blair Golden, joueuse de basket talentueuse, s'apprête à disputer la finale des éliminatoires de la WNBA. Quelques minutes avant le coup d'envoi, un homme l'approche et lui propose quatre millions de dollars à condition de marquer moins de 36 points. Mais Blair, s'en moque, se donne à fond, et mène son équipe à la victoire en marquant…35 points.

Son trouble grandit quand elle réalise que l'homme n'est autre que Vit Salas, un des acteurs les plus riches, grande star de Hollywood, qui veut à présent lui remettre l'argent et l'inviter à dîner.

Blair parviendra-t-elle à maîtriser ses sentiments et à résister aux incessantes pressions de Vit ? Qu'est-ce que Vit veut réellement ? Est-il sérieux ou est-ce qu'il joue comme il sait si bien le faire à l'écran ?

A propos de l'auteure

Liz Levoy est un auteure à succès qui écrit des histoires romantiques depuis sa dernière année de lycée. Liz Levoy est une écrivaine romantique passionnée qui aime séduire ses lecteurs avides, en utilisant son expérience de ses voyages à travers le monde. Les sentiments d'amour, de désir et de chimie dominent ses livres et les personnages qu'elle crée s'animent, s'efforçant de trouver l'amour.